捨てられ悪役令嬢、邪神に拾われる。

すずきこふる

ビーズログ文庫

イラスト／ウラシマ

Contents

Character

ネロ

乙女ゲーム『聖竜姫伝』のラスボス。
「拾ったものはオレのもの」と豪語する、
天上天下唯我独尊オレ様何様邪神様。
その反面人間社会に
馴染んでいて世話好き。

ロゼリア・アノニマス

公爵令嬢。
王太子レオンハルトと婚約していたが、
浮気された挙げ句捨てられる。
強い魔力の持ち主だが
それを制御できずにいるのが悩みの種。

捨てられ悪役令嬢、邪神に拾われる。

アイラ・シーカー

瘴気を浄化する力を持つ少女。
その手には、聖竜姫の
証である聖痕が!?

レオンハルト・レイデル

レイデル国王太子。
ロゼリアの婚約者。
アイラを新しい婚約者にするため、
ロゼリアに婚約破棄を言い渡す。

ケイン

通称：若（ワカ）。
ネロが世話になっていた村の
村長の息子。
ネロとはまるで兄弟のような仲。

『聖竜姫伝』とは……

ロゼリアが前世でプレイしていた乙女ゲーム。
聖竜姫と呼ばれるヒロインが攻略対象者たちと力を合わせて
邪神ネロを倒すのが基本ストーリー。

鉛色に染まった空から大粒の雨が降り注ぎ、少女の外套を激しく叩いていた。泥水が跳ねることも厭わず、鬱蒼とした森の中をただただ走り抜ける。自慢だった金髪は吹き荒れる風に煽られ、ひどく乱れてしまっていた。しかし、今の彼女に髪を直す余裕はない。海色の瞳は前だけを見つめ、まさに死に物狂いで、か細い足を前へ前へと動かしていた。

（もう〜！　どうしてこうなってしまったの⁉　それもこれも全部バカヒロインのせいよ！）

元公爵令嬢、ロゼリア・アノニマス。盗賊に命を狙われ、只今絶賛逃亡中である。

頭上では雷鳴が低く轟き、強くなっていく雨脚のせいで視界も悪い。追手が来ていないか確認したかったが、こんな足場の悪い中を走っていては振り返ることもできなかった。

（ああっ！　私がもっと早く前世の記憶を取り戻していれば！　本当にいつも間が悪いんだから！）

今思えば、ロゼリアは実に運が悪かった。それはもう天性のものと言っていい。公爵家の生まれで、強い魔力を持つことから、この国、レイデルの第一王子と婚約した。しかし、学院の高等部へ進学後、ぽっと出の編入生、それも平民の少女と浮気されたのだ。さらには二人が隠れて逢い引きしている現場を目撃してしまう間の悪さ。最終的に、ロゼリアを待ち構えていたのは婚約破棄と国外追放という処分だった。

そして、荷馬車に乗せられた子牛のような面持ちで国外に向かう馬車に揺られていたところ、盗賊に襲撃されてこの有様である。

「いたぞ！」

荒々しい男の声が聞こえ、ロゼリアは悲鳴を上げる間もなく走り続けた。

盗賊に殺される恐怖心よりも、なぜ自分ばかりこんな目に遭うんだという世の理不尽さへの怒りが勝ってしまい、静かに下唇を噛んだ。ひとまずロゼリアは婚約者を奪った少女を心の底から呪うのだった。

「きゃあっ！」

ぬかるみに足を滑らせ、身体が地面に叩きつけられる。口に入った泥水を吐き出しながら、すぐさま起き上がろうとした。

「そこまでだ」

首筋に冷たいものが当てられ、ロゼリアは動きを止める。

「嬢ちゃんには悪いが、ここで死んでもらう」

「くっ……」

髪を無造作に摑まれ、無理やり顔を上げさせられたロゼリアは、男の濁った瞳と目が合う。

薄汚れた衣服に身を包んだ男は、顔に無精髭を生やし、にたりと笑った口からは黄ばんだ歯が覗いていた。

「かわいそうにな、こんな若いのに命を狙われるなんて」

「いやっ！　放して！」

「その前にちょっと楽しませてもらおうか？　何、どうせ死人に口なしだ。恨むなら運のない自分を恨むんだな」

男の生ぐさい吐息に、ロゼリアは顔を歪ませる。もうここまでかと目を閉じた時だった。

「お、おいっ！　あれはなんだ……？」

離れたところで誰かがそう声を震わせた。

すぐそばで男が息を吞む音が聞こえ、ロゼリアも恐る恐る目を開ける。

目の前には、まるで真っ黒なインクを落としたような光景が広がっていた。ゆっくりと浸食するように広がっていく暗闇は、その景色だけでなく、雨音すらも吞み込むようだった。

男はハッとした様子で声を上げる。

「瘴気だ！　このままだと呑まれるぞ！」

(瘴気⁉　あれが⁉)

この国では瘴気と呼ばれる黒い霧がたびたび発生していた。浴び続ければたちどころに命を奪われるとされ、国中で問題となっている。王都には瘴気を防ぐ障壁が存在する為、公爵令嬢だったロゼリアにとっては無縁に等しいものであった。

近づいてくる瘴気の中に、ゆらりと蠢くものをロゼリアの目は捉えた。

「あ……あれは……」

男もそれを見たのだろう。瘴気に潜む何かを警戒し、目を逸らせずにいる。

「ん？　なんだお前ら？」

聞こえてきたのは、やけに明るい男の声。瘴気の中から現れたのは、一人の青年だった。闇夜に溶け込むような漆黒の髪、白い肌はどこか血の気がなく、瘴気の中ではその白さが一層際立つ。ただでさえ珍しい容姿であるのに、煌々と輝く赤い瞳がより彼の異質性を高めていた。

彼は訝しげに盗賊達を見つめた後、人懐っこい笑みを浮かべる。そして、しっしっと手で払うような仕草をして言った。

「まあ、いっか。用があるのは、その女だけだし。お前らはどっか行っていいぞ」

「こ、この！　ふざけやがって！　口封じのついでだ。殺せ！」

盗賊達が武器を抜いて、一斉に襲いかかる。しかし、向けられた刃が彼に届くことはなかった。周囲に漂っていた瘴気が盗賊達に向かっていき、彼らの武器にまとわりついたのだ。

「ひぃぃっ！」

盗賊達が恐怖から武器を手放すと、刃はみるみる錆色に変わり、最後には跡形もなく崩れ落ちた。異様な光景を目の当たりにし、固まってしまった盗賊達に向かって、青年は変わらず人懐っこい笑顔を向ける。

「なんだ、動けなくなったのか？　なら、瘴気の薄いところまで送ってやるよ」

彼が指をひょいっと上に向けると、盗賊達の身体が宙に浮く。ロゼリアの髪を掴んでいた男は驚きのあまりその手を放した。

「駄賃はいらねぇよ。じゃあなっ！」

まるで遠くにボールを投げるように、青年は天に向かって大きく振りかぶった。

盗賊達の身体は空高く飛んでいき、頭上を覆っていた分厚い雲を突き抜ける。空にぽっかりと穴が開き、そこだけ晴れ間が広がった。青年は盗賊達をぶん投げた方角を見ながら、頭を掻く。

「やべ、打ち上げ過ぎたわ……まぁ、あの角度なら湖に落ちるだろ」

（た、助かったの……⁉）

正直、何が起こったのかロゼリアは分からなかった。呆然と空を見上げていると、青年の明るい声が耳に届いた。

「おーい。お前、大丈夫か？」

そう呼びかけながら、青年がやってくる。

何はともあれ、ロゼリアはこの青年に助けられたのだろう。何者だろうと、礼くらいは言うべきだ。

「あ、ありが——……っ！」

近くに来た青年の顔を見て、ロゼリアは言いかけた言葉を止めた。

「ん？　どうした？」

しゃがんでロゼリアの顔を覗き込んだ青年は、ひどく整った顔立ちをしている。が、ロゼリアが驚いたのはそこではない。

「あ、貴方は……？」

ロゼリアがそう尋ねると、彼は屈託のない笑みを浮かべた。

「オレはネロ。神様だぞ？」

その言葉を聞いて、ロゼリアは絶句する。

（ネロっ⁉　ネロって『聖竜姫伝』のラスボスじゃないの————⁉）

公爵令嬢、ロゼリア・アノニマスには前世の記憶がある。

日本という国で生まれ育った前世の自分が、いつどのようにして生を終えたかは定かではない。しかし、強烈にロゼリアの記憶に残っているのは『聖竜姫伝』という女性向け恋愛ゲーム、いわゆる乙女ゲームについてである。

それは聖竜と呼ばれる神が守護する国、レイデルを舞台に、聖竜の加護を受けたヒロインが、国を脅かす邪神をヒーローと共に退治する超王道恋愛ファンタジーである。

ゲームに登場する悪役令嬢ロゼリア・アノニマスは、実に噛ませ犬と呼ばれるに相応しいキャラクターだった。公爵家の生まれで、この国の第一王子の婚約者。何かと特別視されるヒロインに嫉妬し、嫌がらせを繰り返す。そうして、彼女はゲーム中盤で断罪イベントにより婚約破棄と国外追放を言い渡され、物語の舞台から退場するのだ。

ゲームのシナリオと同じような出来事がその身に降りかかったのは、一週間前。婚約者のレオンハルトが私的に開いた夜会でのこと。

「ロゼリア・アノニマス。お前との婚約を破棄する！」

そう言われた直後、ロゼリアはまるで頭を殴られたような衝撃を受け、前世の記憶を思い出し、自分が悪役令嬢に転生していたことに気付いた。身に覚えのない記憶に頭が混乱しつつも、ロゼリアが真っ先に口にしたのは謝罪でも抗議でもない。

「まず、理由をお聞かせください」

それは純粋な疑問だった。

ロゼリアはレオンハルトに肩を抱かれた少女へ目を向ける。

彼女は『聖竜姫伝』のヒロイン、アイラ・シーカー。平民でありながら貴族の子女が集う名門校へ特別に通うことを許された異例の編入生。その大層な肩書とは裏腹に、彼女自身は平凡そのものだった。

ぱっちり二重の若葉色の瞳。短く波打つチョコレート色の髪は、肩口で綺麗に切り揃えられている。顔の造形も平均値を出ず、素朴な愛らしさのある少女だった。

性格もどちらかといえば、従順で大人しそうな印象に見られるが、学院生活においては……。

「愚問だな。お前はアイラに対して平民のくせに図々しいと人前で何度も罵り、その上、嫌がらせをしていたらしいではないか。私の婚約者であることを笠に着るお前のせいで周囲は手を差し伸べることもできず、彼女も肩身の狭い思いをしていた。それが未来の王妃が示す態度か？」

「あら、殿下のお耳に届いた内容は、ずいぶんと誇張されたもののようですね」

大方、ロゼリアに不満がある輩が流したものだろう。貴族社会ではよくあることだ。しかし、問題はそれだけではない。

「確かにわたくしは彼女にマナーがなっていないと注意したことがあります。しかし、彼女自身もマナーの授業を受け、わたくしに再三注意されていたにもかかわらず、粗相をした自覚がないように見受けられるのですが？」

ロゼリアがアイラを一瞥すると、彼女は気まずそうに顔を逸らす。

貴族の慣習に疎い彼女が、多少礼儀を欠いてしまうのは仕方がない。しかし、何度も諭して直らないのであれば、肩身が狭くなって当然ではなかろうか。ロゼリアがそう口にすると、レオンハルトは眉をひそめた。

「私や生徒会役員達が彼女を特別視していることにも不満があると聞いているが？」

「彼女を特別視するのは当然のことでしょう。この国で唯一、瘴気を完全に浄化できる存在なのですから」

この国で問題視されている瘴気は、薄いものであれば、宮廷魔術師でも浄化が可能だ。しかし、瘴気が濃くなるにつれて浄化は困難になり、そのうち手をつけられなくなる。その場合、瘴気が自然消失するまで待つしかなく、ほとんどの土地は使い物にならなくなる為、手放すしかなかった。

しかし、アイラはどんなに濃い瘴気だろうと完全に浄化する力を持っている。そんな特別な存在を誰も放っておくはずがない。それは第一王子であるレオンハルトも例外ではなく、近い将来、国の中枢を担う生徒会役員達も同様である。彼らがアイラと友好関係を築くことは当然だろう。

ゲームのロゼリアがどう思っていたかは知らないが、今のロゼリアを苛立たせるのはアイラではなく、レオンハルトの方だった。

「そんな国の希望とも言える彼女に苦言を呈したのも、彼女を思ってこそ。いずれ彼女は、生徒会役員の方々と共に殿下をお支えになるのですから。それに……」

ロゼリアはたっぷり間を空けた後、にっこりと微笑む。

「公爵令嬢であるわたくしが、殿下の威光を借りるなんて大変恐れ多いですわ」

ついでに飛ばした嫌みが利いたのか、レオンハルトの口元がピクピクと痙攣している。

おまけにもう一つお見舞いする。

「わたくしが不肖の身であることは重々承知しておりますが、仮に彼女に無礼を働いたとして、それが王妃の資質を問われ、この場で糾弾されるほどのことでしょうか。もし、そちらの言い分がまかり通るなら、殿下は彼女に対して少々過保護なのでは?」

レオンハルトが彼女に想いを寄せていることは火を見るよりも明らかだ。しかし、婚約者がいる立場でありながら、人目も憚らず逢瀬を繰り返し、夜会のパートナーにアイラを選ぶレオンハルトの不誠実さに、ロゼリアは嫌気がさしていた。

（というか、濡れ衣で断罪されるとか冗談じゃないわよ！）

少なくとも今のロゼリアは清廉潔白である。ただの婚約解消ならまだしも、無実の罪をなすりつけられるなどたまったものではない。正論を武器に反撃するが、レオンハルトが引く様子はなかった。

「何を言うか。彼女の強い浄化の力は聖竜の加護によるものではないかと言われている。これが証拠だ」

レオンハルトの言葉に合わせて、アイラは見せつけるように自分の手を掲げる。手袋は手の甲の部分が開いており、そこには黒い竜が翼を折り畳んで丸くなっている痣があった。この国の人間であれば、たとえ幼子だろうとその痣の意味を理解できるだろう。

「まさか、聖竜姫……？」

誰かがそう口にし、小さなざわめきが大きなものに変わる。

今もなお語り継がれている聖竜姫伝説。凶悪な邪神を封印した聖竜姫は寵愛の証として聖竜から聖痕を与えられ、その身に宿していると言われていた。

伝説の聖竜姫が再び現れたのかと会場は騒然となる。

（ゲーム通りに証拠を出してきたわね）

「彼女はこの国にとって、なくてはならない存在だ。本来であれば王妃となるお前が彼女に手を差し伸べ、手本となるべきであろう。たとえ、彼女が受けた嫌がらせに直接関与し

ていなくても、彼女に対するお前の態度が嫌がらせを助長したのではないか？」

「まあ！　殿下は想像力が大変豊かなようで羨ましいですわ！」

大袈裟に驚く素振りを見せながら、ロゼリアは冷ややかな視線をレオンハルトへ送る。

「殿下の仰せになったことこそ、言いがかりではないでしょうか？」

どうしても彼はロゼリアを悪者に仕立て上げたいらしい。持っていた扇子を思わず握り潰してしまいそうだ。ロゼリアの苛立ちが最高潮に達しようとした時、舌打ちと共にレオンハルトの吐き捨てるような呟きが耳に届いた。

「……大して使えないくせに、舌ばかりよく回る女が……」

ぶちん、と頭の中で何かが切れる音がした。

「……はぁ？」

ロゼリアがそう口にした瞬間、彼女の身体から魔力が溢れ出し、会場の空気を振動させた。その振動はテーブルに置かれたグラスに伝わり、一斉に音を立てて割れる。それだけではない。頭上にあるシャンデリアまで大きく揺れ始めた。

「きゃあっ！」

「な、なんだ⁉」

「壁に寄れ！　シャンデリアが落ちるぞ！」

周囲の悲鳴にハッと我に返ったロゼリアが気を静めると、シャンデリアの揺れは次第に小さくなり、静止する。会場にいた者達が皆、安堵の息をついた。しかし、そんな中でレオンハルトは不敵な笑みを浮かべる。

「また魔力の暴発か。昔からお前は魔力を暴走させる癖があったな？」

ロゼリアとレオンハルトの婚約が成立した理由は、ロゼリアが強い魔力を持っていたからだ。しかし、強過ぎるが故に扱いきれず、時に暴発させ、周囲に被害が及ぶこともあった。

「……それをご承知の上で婚約されたと記憶していますが？」

「それは幼い頃の話だろう。本来魔力は成長するにつれて制御できるようになるものだ。しかし、お前は未だに上手く扱えないばかりか、機嫌一つですぐに暴走させる」

「そ、それは……」

貴族にとって魔法を使えることは一つのステータスだ。それなのにロゼリアはまともな魔法一つ習得できていない。感情が昂ると身体から魔力が漏れ出てしまうのだ。

（そりゃ、暴発なんて数えきれないくらいしてきたけど、器物破損はそんなに……いや、それなりにやってきたわね）

せめてもの救いは、国賓が参加するような大きな式典や夜会で暴発させなかったことくらいだ。

俯くロゼリアをレオンハルトは冷たく見下ろす。

「機嫌次第で魔力を暴発させる王妃など言語道断だ。お前を王妃にしたら——備品の修繕費だけで国庫が食い潰されるわ！」

「なっ、……何よそれ⁉　他に言い方ってものがあるでしょ⁉」

　あまりの言い分に素で叫んだロゼリアは、再び魔力を暴走させた。彼らの近くにあった燭台の火が大きく燃え上がる。

「きゃあっ！」

　アイラがレオンハルトに抱き着き、怯えた目でロゼリアを見つめる。彼女の肩を抱いたレオンハルトが鼻で笑った。

「ハッ！　お前の暴発は激しい怒りが原因で起きることが多い。つまり、先ほどの暴発は王族である私に敵意を向けたということになる。これは立派な反逆罪だな？」

「なっ！」

「この件については国王陛下に報告する。追って沙汰があるまで震えて待つがいい！」

「な、なっ………！」

（なんでこうなるのよぉおおおおおおおおおおおっ！）

　こうしてロゼリアは、概ねゲーム通りに物語から退場させられたのだった。

今思えば、濃厚な一週間だった。

気弱なロゼリアの父は、事態を知ってその場でぶっ倒れた。二大公爵家の一つであるアノニマス家の娘に反逆罪の容疑がかけられたのだ。醜聞なんてものじゃない。

一方、頼りにならない父の尻を叩き、共に王家に猛抗議してくれたのは同じく王家の片翼とも言えるアルフォード公爵家の当主。父の親友であり、現王妃の兄である。

今回の騒動が私的な夜会であったこと、そしてアルフォード公爵の口添えもあり、ロゼリアは処刑を免れた。しかし、王族を危険に晒したことに変わりはなく、また王族へ不敬な態度を取ったことを理由に、婚約破棄はもちろんのこと、身分剝奪に加え、国外へ追放されることになった。表向きには『不敬罪』という扱いになっている。

正直に言うとロゼリアは、一連の出来事に憤りを覚えることはあれど、悲観的に捉えてはいない。王族の婚約者という重圧から解放され、レオンハルトの顔を二度と見なくて済むと思えば、国外追放も悪くない。むしろ、清々しているくらいだ。

ここはもう、心機一転して国外でのびのびと暮らしてやろう。そう息巻いていたにもかかわらず、国を出る前に盗賊に襲われる始末。

そして、ロゼリアは今、さらなる受け入れがたい現実に直面していた。

「つまり、婚約者がお前と別れる為に無実の罪を被せてきた。それにぶちギレたお前が魔力を暴発させたせいで、マジで国を追われる羽目になったと？　なんつーか……どっちもバカだな」

「ええ、我ながらそう思うわ……でも、普通にありえなくない!?」

ロゼリアは今、『聖竜姫伝』のラスボス、ネロの家で風呂を借り、温かな食事までごちそうになって、さらには愚痴も聞いてもらっていた。

手厚いもてなしに加え、ネロの気安い態度に緊張が緩んでいたのもあっただろう。普段はおいそれと王族の愚痴を零せなかったロゼリアは、ここぞとばかりに本音をぶちまけた。

ちなみに、前世の話や聖竜姫の話はややこしくなる為、割愛している。

「相手の女も相手の女よ！　普通、人の婚約者を横取りする!?　今頃、略奪が成功した上に地位まで手に入って、さぞかし気分がいいでしょうね、あの泥棒猫！」

どんっとロゼリアがテーブルを叩くと、ネロは「人間なのに猫なのは面白いな」と笑いながら、そっと木苺が入った籠を差し出す。

「まあ、これでも食って落ち着けよ」

「……ありがとう」

目の前に出された木苺をロゼリアは大人しく口に運ぶ。酸味を含んだ甘さが口の中で広がり、荒んだ心に染み渡っていった。徐々に落ち着いてきたロゼリアは深いため息を零した。

「いくらなんでも、犯罪者に仕立て上げなくてもいいじゃない……婚約解消の申し出があれば、諸手を挙げて賛成してたわよ」

消え入りそうな声はわずかに震えていた。

元々レオンハルトとは仲がよかったわけでもないし、彼が他に本命を作っても構わなかった。どちらかといえば、ロゼリアは王妃の座にこだわりがない。別の女性を王妃に据えたいなら、喜んで婚約者の座を譲る気でいた。それなのに、この仕打ち。

（なんで好きでもない男に当て馬同然に捨てられるのよ！　ああ～っ！　あの時、もっと冷静になっていれば、私から婚約解消を言い出せたのに！）

今となっては後の祭りだ。悔しさと惨めさがない交ぜになった感情でロゼリアがうめき声を上げていると、頭上から明るい声が降ってくる。

「むしろ、そんなヤツに捨てられてよかったじゃん」

「……え？」

顔を上げるとネロは無邪気な笑みを浮かべていた。

「男なんて腐るほどいるんだし、たまたまマジで腐った男に当たっても不思議じゃねぇよ。

そんな男には笑いながら『彼女とお幸せに』とか言って、見えないところで親指を下に突き立ててやりゃいいんだよ」

まさか励まされると思っていなかったロゼリアは、一瞬ぽかんとしてしまった。

「あ、ありがとう……」

「おう、気にすんな」

そう言って、自分の口に木苺を放り込んでいるネロだが、ゲームでは攻略可能なラスボスとして登場する。乙女ゲームなのに画面を真っ赤に染め上げ、ヒーロー共々ヒロインを血の海に沈めたバッドエンドは全プレイヤーを震撼させた。

しかし、今目の前にいる男は、ロゼリアを自分の家に招くなり「風呂に入れ」とせっつき、風呂から上がれば「飯だ」と椅子に座らせた。おまけに泥だらけだったロゼリアの衣服は入浴している間に綺麗に洗われている。

この奇妙な現状に、ロゼリアは素朴な疑問を口にした。

「ねぇ、ネロ。自分のこと神様って言ってたけど……もしかして、あの邪神なの……?」

「ん？　あのってどのだ？」

小首を傾げるネロに、ロゼリアは国で語り継がれている邪神の伝説を伝える。

「恐ろしい漆黒の竜の姿をし、咆哮を轟かせれば嵐を呼び、翼をはためかせれば大地を裂くと言われている、あの……？」

「ああ、オレだな？」

「吐息には致死性の毒があり、一歩その足を動かせば草木を枯らし、疫病を流行らせると言われている？」

「オレだな！」

「そうして、二百年前に聖竜姫に封印されたのも？」

「オレだ!!」

屈託のない笑みを浮かべて自分を指さすネロに、ロゼリアはそっと頭を抱えた。

「信じられない……見ず知らずの人を家に招くどころか、お風呂と食事まで用意する邪神がどこにいるのよ！」

「人の厚意に存分に甘えておいて、どの口が言ってんだ」

真正面から正論を突き付けられて、ロゼリアは面食らってしまう。

「そ、それは感謝してるけど……」

伝承通りの邪神であるなら、彼は間違いなく『聖竜姫伝』の邪神ネロなのだろう。しかし、ロゼリアが知るゲームのネロは、少なくとも人懐っこい笑みを浮かべ、親しげに会話をするようなキャラクターではなかった。

「そもそも、なんで初対面の相手にここまでよくしてくれるのよ」

木苺を頬張っていたネロがきょとんとした顔で首を傾げた。

「なんでって、オレのものをオレが大事にするのは当たり前だろ？」

「――……？」

ロゼリアは彼が言わんとした意味をじっくり考えてみたが、それでも理解できなかった。

「私、貴方のものになった記憶がないんだけど？」

「あ？　だってお前、追放――ようは捨てられたんだよな？」

「認めたくないけど、そうね」

「で、オレに拾われたよな？」

「家に連れてこられたことを言うのなら、そうね」

「じゃあ、拾われたお前はオレのものだよな！」

太陽のごとく眩しい笑顔を向けられ、その様子から彼の本気具合が伝わってきた。

「いやぁ～、助かった！　封印の力が弱まってたのか、目が覚めたはいいものの、魔力の回復が遅くてさ。定期的に魔力を補充できる方法を探してたんだわ」

あー、よかったよかったと語る彼から、思わず椅子ごと後退りしそうになった。

「ま、まさか……私を拾ったのって……」

「お前から魔力を補充する為だけど？」

屈託のない笑顔が邪悪な笑みに見えた瞬間だった。

「た、確かに私の魔力は有り余ってるけど、私から魔力を補充してどうするの？　に、人

間に復讐するつもり？」

若干、声を震わせながらもまっすぐにネロを見つめると、彼は心底意味が分からないというような顔で言った。

「なんで人間に復讐するんだ？　瘴気を浄化する為に必要なだけなんだが？」

「…………？」

ロゼリアの脳内に疑問符がいくつも浮かぶ。彼が人間に復讐するつもりがないことにも驚いたが、邪神が瘴気を浄化するなんて聞いたことがない。

そもそもロゼリアが知る限り、この国で瘴気を浄化できる神は一柱だけ。

「瘴気って浄化できるものなの？　まるで聖竜みたいね、な～んて……？」

皮肉でもなんでもなく、ほんの冗談のつもりで軽口を叩くと、ネロは赤い瞳をぱちくりさせた。

「まるでも何も、オレがその聖竜なんだが？」

「え…………ええええぇぇぇええええええっ⁉」

ロゼリアは声を上げて身を乗り出した。

彼の発言はゲームシナリオどころか、この国の在り方を覆すものだ。

「なんで邪神が聖竜に⁉　いや、逆⁉　なんで聖竜が邪神に⁉　国の瘴気は人間を恨んでる貴方が生み出しているものじゃないの⁉」

「とんでもねぇ言いがかりだ。そもそも瘴気は大地の下から勝手に出てくるもんだろ？」

ネロ曰く、この国では竜脈と呼ばれる場所から、生命の源になる『力』が川のように大地の下を流れている。それは『生命の息吹』と呼ばれ、食物連鎖でいう土台の部分を支えているものらしい。『生命の息吹』の流れが滞ると力は淀み、穢れに変わる。それが地上に排出されたものが、この国で瘴気と呼ばれるものなのだとか。

「つまり、瘴気の発生は自然現象ってこと⁉」

「そういうこと。オレの役目は『生命の息吹』の流れを管理すること。瘴気の浄化もその一環だ」

聖竜は瘴気から国を守る神聖な存在だと幼い頃から教え込まれていたが、考えてみれば聖竜が国を守る義理などない。おそらく、人間側が勝手に都合よく解釈していたのだろう。

（なるほど、邪神と戦ったのが聖竜ではなく聖竜姫だったのも納得だわ。邪神の正体が聖竜なら、止めるのは聖竜姫しかいないじゃない！）

ネロの話が本当なら、邪神の正体を知っていた聖竜姫は彼を討伐できず、封印という形をとったのだろう。ロゼリアの記憶が正しければ、邪神が封印された後の二百年、聖竜は人前に姿を現していない。では、本当にネロが聖竜ということか。

「だったら、なんで邪神になって暴れたのよ……っ！」

「さあ？　すげぇムカつくことがあったのは覚えてるけど、何にムカついてたのかは忘れた」

あっけらかんと答えるネロにロゼリアは頭が痛くなる。一番肝心なところを覚えていないだなんて。

「忘れたって……聖竜が邪神になるって一大事よ！　それに今の貴方の見た目だって、どちらかって言えば邪神っぽいし！　どうなってるわけ⁉」

「あのなぁ～……そもそも、聖竜も邪神もお前ら人間の基準で付けた呼称だろ？」

「え？」

驚くロゼリアにネロは呆れた口調で言った。

「お前らが言う聖竜の浄化の力も、邪神の瘴気を操る力も、等しくオレの力だ。それを人間の基準で善悪に当てはめているに過ぎない。だから、オレに暴れた理由はあれど、オレがオレであることには変わりねぇの」

それを聞いたロゼリアは目から鱗が落ちた気分だった。

「えーっと、それはつまり……ネロに悪い心が芽生えたり、瘴気に侵されたりして悪い存在になったわけではないと？」

「オレの存在や能力が変容したかっていう意味なら、暴れた時のオレと今のオレでは何一つ変わってないぞ」

「な、なるほど～……」

神聖な存在が魔に堕ちたのではなく、元からあった力を使い、姿だけが変わったということか。では、今彼が穏やかな理由は二百年前のことを忘れているからだろうか。

「じゃあ、その見た目がいつもの貴方ってこと？」

容姿を指摘されたネロは自分の髪を指で弄びながら首を傾げる。

「あー、どうだろうな？　今のオレは封印の影響か浄化の力が弱まってる代わりに、瘴気を使って破壊や疫病を呼び込む力の方が強まってる状態だ。人間でいうところの邪神に近い姿なんじゃないか？　昔は白かったし」

（な　ん　だ　と　⁉）

聞き捨てならないセリフにロゼリアは身を乗り出す。

「浄化の力が弱まってる⁉」

「おう、能力が劣っている分を魔力でどうにか補ってる状態だ。おまけに回復も遅くて困ってたんだ」

ネロはそう言うと、にかっと笑った。

「つーわけで、お前、行く当てないんだろ？　衣食住のうち、食と住は保障してやるから、その代わりに魔力くれ」

あまりにも無邪気に言うネロに、ロゼリアは毒気を抜かれた。

「あのね……ここはまだレイデル国内でしょ？　私、陛下の命令でこの国から出て行かなくちゃいけないのよ」

「そんな人間の事情なんて知らん」

「いや、知らんと言われても……」

「そもそも、この国は常に『生命の息吹』の恩恵を受けていて、オレはその管理者だ。この国はオレがいないと成り立たない。それは人間が一番よく分かってるだろ？」

　瘴気の発生頻度はここ数年で増加傾向にある。瘴気が濃い地域は放置され、自然消失を待つしかない。今までは深刻化する前に魔術師の浄化魔法によって対処していたが、それも今や焼け石に水状態になっているのが現状だ。

　何も答えないロゼリアを見て、肯定と受け取ったネロは満足げに笑う。

「つまり、この国はオレのものも同然！　おまけに国王の代わりなんざいくらでもいるけど、オレに代わりはいない。よって、オレは国王より偉い！　だから、オレのものであるお前は国王の命令を聞かなくていい。分かったか？」

　堂々と言い切ったネロに、ロゼリアは開いた口が塞がらなかった。

　——天上天下唯我独尊。オレ様、何様、邪神様……いや、今は聖竜様か。

　どうやら彼の前では、人の秩序とは無意味なものらしい。

（というか、聖竜の補助なら悪役令嬢の私よりもヒロインのアイラの方が適任でしょ。アイラと引き合わせた上で、ネロを上手く導いて……）

そう考えたところでロゼリアは内心で首を横に振った。

（いやいや、よく考えてもみなさいよ。私はレオンハルト達にはめられて断罪されたのよ？　もしこの世界がゲームシナリオに沿うようになっているとしたら、ネロはヒロインと出会った瞬間に邪神扱いされ、討伐対象にされちゃう可能性もあるわ。それだけはダメよ！）

ヒロインが聖竜と邪神が同一の存在であると気付くまで、二人を会わせるのは危険だ。聖竜がいなくなれば、この国は滅びる。なんとしてもそれだけは回避せねばならない。

ロゼリアがすべきことは、ヒロインと出会うルートに進まないように気を付けつつ、ネロの浄化の力がこれ以上弱まらないよう魔力を与えながら、ネロに瘴気を浄化してもらうことである。

（もし、この国から瘴気が消えたら……多少シナリオがくるっても真のハッピーエンドになるのでは？）

『聖竜姫伝　完』

脳内でゲームのスタッフロールが流れ、最後にタイトルロゴがでかでかと浮かんだところで、ロゼリアは我に返る。

（いやいやいやいや！　よく考えるのよ、ロゼリア！　魔力をあげる代わりに面倒を見てもらうって、家畜と変わらないじゃない！）

しかし、今のロゼリアは他に身を寄せる場所がない。国やネロのことを考えると利害は完全に一致していると言っていいだろう。

（……………ええいっ！　なるようになれ！）

半ば投げやりに腹を括ったロゼリアがネロの方を見ると、彼の口元がにやりと持ち上がり、やんちゃな八重歯が顔を出した。

「安心しろよ、拾ったからには最後まで面倒を見てやる」

「私は…………捨てられた犬猫じゃないわよ――――っ！」

ロゼリアの怒声が、家の外まで響いたのだった。

ネロに拾われた翌朝、ロゼリアはひどく魘されていた。

あの忌々しい夜を思い出す絢爛豪華なダンスホール。綺麗に着飾った紳士淑女達を背に元婚約者のレオンハルトがヒロインの肩を抱いて立っていた。

『追って沙汰があるまで震えて待つがいい！　ふはははははははっ！』

レオンハルトの勝ち誇った顔と不快な笑い声にロゼリアはぐっと拳を握った。

「ふっざけんじゃないわよ！」

そう叫んだ時、ドォンという地響きと板を突き破ったような音が聞こえ、目を覚ました。

慌てて身を起こしたロゼリアがまず目にしたのは、壁にできた大きな穴と歪に切り取られた自然風景。

その幅はロゼリアが両手を広げても届かないほど。

爽やかな朝の陽ざしに照らされた森林を、ロゼリアはただ眺めることしかできない。

「おーい、ロゼリア。大丈夫……………か？」

音を聞きつけたネロが寝室に入ってくると、目の前の光景に赤い目を瞬かせた。

「こりゃ、ずいぶんと眺めのいい部屋になったなぁ……」

呑気なことを言うネロに、ロゼリアはすぐさま謝り倒したのだった。

「つーわけで、お前の魔力を大量に消費させる為に、瘴気の浄化に行くぞ」

突貫作業で壁の穴を塞ぎ、二人で朝食を囲み始めると、ネロが唐突に言い出した。

「そうすりゃ、しばらく壁に穴が開くようなことにもならねぇだろ」

「本当に、朝から多大なるご迷惑を……」

「それはいいから、さっさと飯を食え」

ぐいっとスープを差し出され、ロゼリアは項垂れながらも大人しく受け取る。

（まさか、一週間前のあれを今さら夢に見るなんて……）

しかも、寝ぼけて魔力を暴発させるとは不甲斐ない。ロゼリアは深くため息をついた。

「つかお前、いつも壁に穴を開けてんのか？」

不意に聞かれて、ロゼリアは首を横に振った。

「そんなわけないでしょう。今日は……その、夢見が悪かっただけ……」

ちぎったパンを口に放り込むネロに不機嫌な様子は見られない。いくら寛容な性格でもここまで平然としていられると、こちらが落ち着かない。

「怒ってないの？　家に風穴が開いたのよ？」

「そんなもん、想定の範囲内だよ。むしろ『なんだ、こんなもんか』って感じだな」

「そ、そう……？」

一体、どれほどの規模を想定していたのだろうと思いながら、ロゼリアも出されたパンを口に運んだ。

「美味しい……っ！」

「そりゃ、よかったわ」

邪神（聖竜？）お手製のパンは黒パンではなく、丸い白パンである。おまけに美味しいときた。一緒に出されたスープも素朴な味わいだが、十分に美味しい。

「本当に人間みたいな生活をしているのね……」

昨日、ロゼリアはネロと共生する為に、互いの価値観をすり合わせた。意外にも彼は人と似た生活をしている。本来、人ではない彼は、食事や睡眠が必須ではないということだが、人間の生活習慣を娯楽として取り入れているらしい。

「まあな。料理も面白いし、嫌いじゃねぇよ」

嬉しそうなその姿に、ロゼリアの知るラスボスの面影はない。平和でありがたいことである。

（それにしても、ずいぶん世話を焼いてくれるのね。もちろん、魔力をもらえるっていう対価があるからだろうけど……でも、それ以上に私の魔力で迷惑をかけているのよねぇ……）

　昨日は食事や風呂の用意までしてくれ、今日はロゼリアが壁に開けた穴を直してくれた。どう考えたってネロにかかる負担が大きい。このままネロの厚意に甘えていては、真の意味で家畜になってしまう。

（ただの居候じゃいけないわ。家事を覚えよう。瘴気の問題がなくなれば、国を出て一人で生きていくことになるんだし、覚えて損はないはず。せめて、人並みに生きていけるようにならないと……）

「おい、ロゼリア。すげぇ深刻な顔してどうした？」

　どうやら顔に出ていたらしい。ロゼリアは静かに言った。

「私、家畜から人間になれるように頑張るわね……」

「どう見ても人間だから安心しろよ。おかわりもあるけど、食うか？」

「いただくわ！」

食事が済んだ後、ネロはロゼリアに瘴気を寄せ付けない加護を与え、ロゼリアが盗賊に襲われた場所へと向かった。昨日は馬車に乗っていたので気付かなかったが、瘴気が近いせいか、鳥の鳴き声や生き物の気配がまったくしない。聞こえてくるのは風に揺れる葉音のみだ。

不自然過ぎる静けさに、ロゼリアは不気味さを覚える。しかし、数歩先を歩くネロから謎の鼻歌が聞こえ、そのどこか間の抜けた曲調がロゼリアの心を和ませた。

頭上に広がっていた青空がだんだん黒みを帯びていき、しおれた植物が目立ってくる。さらに森の奥へ進むと、周囲は枯れ木ばかりになり、殺伐とした光景が広がる。うっすらと見えていた瘴気が徐々に濃くなっていき、少し先が視認できないほどになった。

（ネロの加護があるから特に影響は受けないようだけど……これが瘴気の中？　まるで絵の具で黒く塗り潰されているみたい）

前を歩くネロがそのまま瘴気の中に溶けて消えてしまいそうだ。しばらくすると、ネロが足を止めて振り返った。

「ここら辺でいいか。じゃあ、魔力をもらうぞ」

「ええ、でも、魔力の受け渡しってどうやるの？」

　他者に魔力を与える方法なんて聞いたことがない。もし、それが可能ならロゼリアは有り余った魔力をとっくの昔に誰かへ渡していただろう。

（一応、乙女ゲームの世界だし……まさかキスとか？）

『聖竜姫伝』のプレイに年齢制限はなかったはず。さすがにそんなわけないか、とロゼリアが内心で笑い飛ばした時だった。

「あー、一番手っ取り早いのはハグか？　肌が触れる面積が大きければ、なおよし！」

　ネロが「さあ、来い」と言わんばかりに腕を広げたのを見て、動揺したロゼリアはうっかり魔力を暴発させた。

　それは大きな塊となってネロの頬を掠めていき、すぐ隣にあった枯れ木が木端微塵に弾け飛ぶ。無残にも砕け散ったそれを一瞥した後、ネロはロゼリアに顔を向けた。

「……ロゼリア？」

「ハグ……？　肌……？　面積？　ん？　え？」

　いきなり淑女にはハードルが高いことを要求され、頭が混乱してしまう。未だに漏れ出るロゼリアの魔力が周囲に伝播し、木々が悲鳴を上げていた。

「落ち着け落ち着け。それは効率面の話であって、手にちょっと触れるだけでも大丈夫だ。後はオレが適当にもらうから」

「それを先に言ってちょうだい！　びっくりするでしょう⁉」

どうやらここが乙女ゲームの世界だという先入観に囚われ過ぎていたようだ。とはいえ、ネロに右手を差し出されたものの、ロゼリアはその手を取るのを躊躇ってしまう。

「ちょっとね、本当にちょっとでいいのね？」

「動揺し過ぎだろ……お前、すげぇ顔してるけど、大丈夫か？」

「大丈夫なわけないでしょ！　受け渡し中にうっかり魔力が暴発でもしたら、貴方が木端微塵になるのよ！」

「ならねぇよ！」

ネロは間髪を容れずに否定すると、ため息をついて呆れた口調で言った。

「お前、いつもそんなんで疲れねぇの？」

「だって……迷惑かけるじゃない」

ロゼリアだって、努力を怠っていたわけではない。第一王子の婚約者だっただけに、国王の計らいで一流の教師をつけてもらったこともある。しかし、一向に上達せず、とうとう教師は匙を投げた。

そこでロゼリアは感情的にならないよう自分を強く戒めることで暴発を抑え込むことに成功した。しかし、少しでも感情が昂ろうものなら小さな暴発を繰り返し、その都度レオンハルトに「またか」と侮蔑の目を向けられる日々だった。ネロもそのうち呆れてロゼリアを鬱陶しく思うかもしれない。

「ネロだって、何度も家に穴が開いたら迷惑でしょ？」

「いや、別に？」

「…………え？」

「別に迷惑の範疇じゃねぇけど？」

きっぱりとしたネロの答えにぽかんとしていると、彼はロゼリアの額を軽く小突いた。

「あのな、ロゼリア。そもそもオレと人間じゃ、性能も感性も違うんだよ。人間がどう思うかは知らねぇけど、食器や壁を直すくらい造作もないし、オレと比べりゃお前の暴発なんてそよ風も同然だ」

「いや、人外と比べられても……」

「それに魔力の暴発ごときで迷惑迷惑って。オレなんか国を滅ぼしかけた上に、聖竜姫に封印されてなお、反省もしてねぇし、なんなら迷惑かけたとも思ってねぇからな！」

「それは反省しなさい！」

もはや開き直っているネロの態度を反射的に叱りつけると、彼はふっと笑う。

「とにかく、オレといる時はそんなことを気にしなくていいんだよ。思い切り失敗できる相手として、オレ以上に頼もしい相手はいるか？」

「そ、それは……」

いない。確かにそう言える相手だ。

ロゼリアの沈黙を肯定と受け取ったのだろう。ネロは手を出して、にーっと笑ってみせる。

「だから、お前は世話を焼かれとけ。拾ったからには最後まで面倒見てやるからさ」

「私は……捨てられた犬猫じゃないわよ」

文句を言いつつもロゼリアはネロの手を取る。ひんやりとした感触が手のひらに伝わり、その心地よい冷たさがロゼリアの心を落ち着かせた。ネロは赤い瞳をゆっくりと閉じる。

「瘴気の浄化は難しいものじゃない。大地に溜まった穢れを排除し、『生命の息吹』の流れを正常に戻す。それだけだ」

次第にロゼリアの身体が光に包まれ、淡い光体が現れた。その光体は点滅しながら二人の周囲を飛び回り、瘴気を取り込んでいく。

（綺麗……蛍みたい……）

ロゼリアの身を包んでいた光はやがて繋いだ手を通してネロへと移動していった。それが全て移った時、眩しい光と温かい突風がネロから放たれる。

「きゃぁ……！」

光と風はロゼリアとネロを中心に広がり、荒れた大地が息を吹き返す。枯れた草木に緑が戻り、頭上を覆っていた瘴気は消え、晴れ晴れとした青い空が広がっていた。

「これが……聖竜の浄化の力……？」

急に足の力が抜け、ロゼリアはその場にへたり込んだ。両手が小さく震えている。身体に気怠さは残るものの、言葉にできない高揚感がロゼリアの中にあった。

（なんか、不思議な感じ。身体の内から温かくなるような……それでいて軽くなる感じ）

不思議な感覚にロゼリアが呆然としていると、隣にいたネロが「お～、すげぇ」という間の抜けた声を出していた。

「思ったより上手くいったなー」

「上手くいったって……ずいぶん他人事ね」

「まあ、人間からもらう魔力だしな。実際、瞬時に森を修復させるほどとは思わなかったんだよ。でも、お前の魔力で完全に浄化できたんだぞ？　それってすごいことじゃん！」

無邪気に言うネロにロゼリアはぽかんとしてしまう。

「すごい？　私の魔力が？」

「そう、お前の魔力が」

ほら、と言われてロゼリアは改めて周囲を見回す。

殺伐とした雰囲気は一変し、穏やかな森の姿に戻っていた。先ほど感じた不気味さはなく、ロゼリアは改めて自身の魔力を使ったことでこの光景を取り戻せたのだと実感を持ち始めた。

（そっか……私の魔力が役に立ったんだ）

今まで暴発させてばかりだった魔力がこんな形で役に立つとは思っていなかった。

座り込んでいたロゼリアにネロが手を差し伸べる。ロゼリアが顔を上げると、ネロは屈託のない笑顔を向けてきた。

「帰るか」

「そうね」

ネロの手を取って立ち上がろうとした時、身体がふわっと浮いたかと思うと、ネロの顔が目の前にあった。少し遅れて抱きかかえられていると気付き、たちまち頬が熱くなる。

「ちょっ⁉」

「魔力が急に減ったんだから、立てないだろ。大人しくしてろ」

「だ、大丈夫！　大丈夫よ！」

「さっきまでへたり込んでたヤツが何言ってんだよ」

ネロの腕から抜け出そうと必死にもがくも、身体に上手く力が入らない。それでもネロの顔が至近距離にあるのが落ち着かず、思い切り顔を逸らした。

そっぽを向かれたネロはロゼリアの機嫌を損ねたと勘違いしたようだ。何か思いついたように、にやりとした笑みを浮かべる。

「ほ～ら、ちゃんと掴まってないと落ちるぞ～」

ネロがわざとロゼリアの身体を頭から下へと傾ける。

「きゃあっ⁉」

慌ててネロの胸元を掴んだロゼリアが小さく身体を縮こませると、ネロの動きがぴたりと止まった。不思議に思ったロゼリアが顔を上げると、にたぁ～と笑ったネロの口から八重歯が覗く。

「お～っとっとと～」

「きゃぁぁあああぁぁぁっ！」

再びロゼリアを放り出さんばかりに身体が傾けられ、ロゼリアは必死にしがみつく。

「何するのよ！」

「いや～、お前の反応が面白くてついな」

悪びれる様子もなく、笑顔を向けるネロに、どっと疲れが増す。握っていた手を放し、完全に身体を預ける形になった。

「身動きできない人間を弄ぶなんて……っ！」

「神が人間を弄んで何が悪いんだ？」

「開き直るな！」

ケタケタと笑いながらネロはロゼリアをなだめると、ようやく歩き出した。そのゆっくりとした歩調は揺り籠のようで、時折微かに漂うリンゴのような香りが、ロゼリアに安堵感を与えた。

「なんというか、ネロはなんでも楽しそうでいいわね……」

「あー？　そりゃ、楽しい方がいいだろ？」

ロゼリアが見上げると、ネロはにっと口角を上げて笑ってみせた。

「何かを楽しみながら生きる方が有意義だろ。お前はなんか楽しみとかなかったのか？」

厳しい王妃教育に加え、学業と魔力の制御に明け暮れていたロゼリアは、すぐにこれといったものが思い出せなかった。刺繍はレオンハルトへの苛立ちを紛らわせる為に打ち込んでいたので、もはや趣味とは言えない。屋敷でお茶やお菓子を食べる時間は楽しみというより、何も考えず『無』でいる時間だった。

「なかった……かしら？」

「そっか。じゃあ、これからだな」

「これから？」

「これから楽しいことを見つけていけばいいんだよ。オレはもう新しい楽しみを見つけたしな」

「何よ、新しい楽しみって」

「お前」

「わ、私⁉」

予想外の返答に面食らっていると、ネロは大きく頷く。

「魔力の補充も大事だけど、お前といると退屈しなそうだし、お前を拾ってよかったわ」

恥ずかしげもなくさらっと言ってのけるネロに、再びロゼリアは顔を逸らした。頬が熱くなっているのは気のせいだと思いたい。

「おい、なんでまたそっぽ向くんだ？　まだ怒ってんのか？」

「…………違うわよ。でも、そうね。私も、ネロと一緒なら退屈しないと思うわ」

正直、この先のゲームのシナリオを考えると不安なことばかりだが、今のネロを見ていると案外どうにかなりそうな気がする。それにこの明るい性格に、ロゼリアは少しばかり救われた気分だった。

本心からロゼリアが答えると、ネロの腕にぎゅっと力が入った気がした。

「ん？　ネロ？」

彼を見上げてみると、ネロは赤い瞳を瞬かせながら小首を傾げていた。

「んー、なんだろうな…………うん。ちゃんと最後まで面倒見るわ」

「だから、私は犬猫じゃないの！」

まったくもう、とロゼリアは呆れ交じりに言いつつも、最後には笑ってしまった。

家に着く頃には陽が傾き、空がオレンジ色に染まり始めていた。ネロは抱えていたロゼリアを降ろすと身体を伸ばす。

「さーて、ぼちぼち飯と風呂の準備でもするか」

「私も手伝うわ」

ロゼリアがそう言うと、ネロは「え？」と意外そうな顔をする。

「お前、お嬢様だろ？　家事やったことあるのか？」

「やったことはないけど、さすがに何もしないでいるっていうのは気まずいのよ」

公爵令嬢だったロゼリアは、もちろん家事なんてしたことがない。しかし、前世ではどうだったか。「多分やったことがある」というくらい、ぼんやりした認識だった。

とはいえ、ネロにとって食事や風呂は娯楽の一部であり、本来必要ない。用意してくれるのは、ロゼリアに合わせているだけ。それなのに何もしないでいるというのはロゼリアの良心が許さなかった。

朝は彼がさっさと洗い物を片付けてしまったので、夕飯くらいは手伝いたい。しかし、ネロはロゼリアに手伝わせることが不安なのか、たっぷり間を空けてから「じゃあ……」と口を開く。

「オレは裏から薪を取ってくるから、その間にテーブルとか調理台を拭いておいてくれ。料理はオレが戻ってから教える」

「分かったわ！」

ロゼリアは元気よく返事をし、意気揚々と家の中に入る。ネロはその背中を見送りながら「手洗い、うがいを忘れるなよ～」と声をかけるのだった。

ロゼリアが家の中へ入っていくのを確認したネロは、家の裏手に回って薪を手に取る。

（面白いなー、アイツ）

ロゼリアは興味深い人間だ。ネロが人外だと分かっても、物怖じしなければ、敬いもしない。

かつて聖竜の加護を求め、多くの人間がネロの下へ押しかけた。それにうんざりしていたネロにとって、ロゼリアのような存在は居心地がいい。おまけに質がよく膨大な魔力を有している。これほどの好条件な人間は他にいないだろう。時折自分を叱る大きな声も元気がある証拠だし、あのくるくる変わる表情も見ていて飽きない。

（しかし、魔力の暴発か……ぽんぽん魔力を放出させるのはもったいないな。あの体質、直しちまうか）

本来、人間は自身の持つ魔力の質と量に合わせて身体が成長していく。その為、子どもの頃は魔力の制御が利かず感情のまま暴発させたり、多過ぎる魔力が体外へ漏れ出たりしても、徐々に落ち着いていくのだ。だが、稀に成長期の間に魔力を扱える身体に育ちきらない人間がいる。ロゼリアはまさにそれだ。

彼女は、体内で生成される魔力量に対して、留める器が成長せず小さいままなのだ。

ネロの権能の一つ、治癒の力には傷や病を治す他に、生き物の生命力や身体能力を底上げする力がある。大昔は不治の病だの末期症状だのと嘆いていた人間を、国の端から端まで全力疾走できるくらい健康に導いてやったこともあった。全盛期ほどではないにせよ、魔力を扱える身体に改善することくらい余裕でできるはずだ。

(魔法が使えないことを気にしているみたいだし、ぱぱーっとやっちまうか)

魔法を使えるようになったと気付いた時、ロゼリアはどんな顔をするだろう。

なんとなくうきうきとした気持ちになりつつ、ネロは薪を持って家の表に回った。

「ん?」

家の前に見覚えのある青年がいた。

ネロよりも少し背が高く、日に焼けた肌は健康的でなかなかの好青年だ。彼はネロを見つけると、軽く手を振った。

「よお、ネロ」

「おーい、ロゼリア～」

ロゼリアがテーブルを拭き終える頃、ネロが見知らぬ青年を連れて家に入ってきた。

短い茶髪に緑色の瞳は丸く、ネロとはまた違った愛嬌のある顔だ。体格もよく、騎士候補だった同級生よりもいい肉付きをしている。平民でこれほど体格に恵まれている男はなかなかいないだろう。

しかし、その青年はなぜかひどく驚いた様子でロゼリアの顔を凝視したまま固まっている。どうしたのだろう。

「あら、お客様？　ネロの知り合い？」

「おう。ワカって言って、向こうの村の……うぉ？」

ネロの後ろにいた青年は、まるで猫を扱うようにネロの襟首を摑み上げた。

「ん？　どうした、ワカ？　わーかー？」

彼はそのまま無言でネロを外まで引きずっていき、ゆっくりと戸を閉めた。

（え、何……？）

取り残されたロゼリアは呆然と立ち尽くす。

ネロが連れてきた青年はロゼリアをじっと見ていたが、何か失礼でもあっただろうか。ロゼリアは自分の姿を見回す。令嬢だった頃と比べて化粧っけはなく、衣服も装飾が少ないワンピースだが、実家を出る時に用意した服なので、みすぼらしいというほどではないはずだ。

出て行った二人の様子が気になり、ロゼリアは戸の前で耳を澄ませた。何か話しているようだが、内容までは分からない。雰囲気から口論をしているわけではなさそうだ。しかし、「このアホ!」「いてぇ!」という声が続け様に聞こえ、さすがに慌てて戸を開けた。

そこには頭を押さえてうずくまるネロと、腕組みをして彼を見下ろす青年の姿があった。

「森で見つけたから拾ってきただぁ? お前みたいな風来坊が、いかにも育ちのよさそうなお嬢様を養えるわけがないだろ!」

「行く当てがないって言うから拾ったんだ! 何も間違ってねぇだろ!」

「間違ってんのはお前の頭だって言ってんだよ、このドアホ!」

「あだぁっ!?」

彼の拳がネロの脳天に落とされ、ネロは再び撃沈する。頭を押さえながらネロは痛みに呻いているが、青年は構わず叱り飛ばした。

「どーせ、お前のことだ。『拾ったお前はオレのものだ』とか言って、半ば強引に家に連れ込んだんだろ!」

大体合っているが、彼についてきたのはロゼリアの意思である。しかし、取りつく島もなく青年の説教は続く。

「大体、行く当てがないって……年頃の女の子だぞ！　家族が探してるに決まってるだろ！　元いた場所に返してきなさい！」

「私は、捨てられた犬猫じゃないわよ！」

その言い草に思わず口を挟んでしまい、ハッとして口を閉じた。二人とも固まってこちらを見ており、ロゼリアは誤魔化すように咳払いした。

「もうそろそろ暗くなりますし、続きは中で話されてはいかがでしょうか？」

社交界で鍛えた淑女の笑みを浮かべて言うと、ネロが「誰だ、コイツ」と呟く。もちろん、無視した。

「申し遅れました私、ロゼリアと申します」

ロゼリアがそう自己紹介すると、青年は気後れした様子で口を開く。

「ああ……どうもご丁寧に。オレはケイン。ここから少し離れた村に住んでる」

「あら、では、ワカというのは？」

「親父が村のまとめ役なんだよ。周りが『若様』ってふざけて呼んでるのをネロが面白がって真似してるんだ」

なるほど、若様のワカだったのかとロゼリアが一人で納得している横で、ネロが「お前、そんな名前だったのか」と笑う。その反応にケインは呆れた様子でため息をついた。

「お前な。本気で覚えてなかったのかよ？」

「若の方が呼びやすいじゃん。呼ばねぇ名前なんて忘れちまうよ」

「なら、最初から名前で呼べ、コノヤロウ……！」

「あいだだだだだだだっ！」

ケインが握り潰さんばかりにネロの頭を鷲摑みにし、ネロが「降参！　降参！」と叫ぶ様は兄弟喧嘩を見ているようだ。ネロをこんな風に扱う人間がいるとは驚きだ。

「と、とにかく、室内へどうぞ！」

ロゼリアが中へ入るよう勧め、積もる話は食事を囲みながらすることになった。

ケインは手土産にうさぎの肉を持ってきてくれたが、解体はネロもロゼリアもできない為、客人だが彼にお願いする。ケインがうさぎを捌いている間に、ロゼリアはネロにこっそり尋ねた。

「ねぇ、ネロ。彼はどんな知り合いなの？」

「あー……前に行き倒れているところを拾ったんだよ。ついでに二週間前までオレはアイツの村に住んでた」

ロゼリアは目を丸くする。

「村に住んでた？　いつから？」

「封印から目が覚めてわりとすぐだから……二、三か月前か？」

「じゃあ、彼はネロが神様だって知ってるの？」

「さあ？　聞かれた覚えも答えた覚えもねぇし、知らん」

「ずいぶん適当ね……」

考えてみれば、彼の正体を知っていたら、こんな不遜な態度を取れるはずがない。彼らのやり取りを思い出していたロゼリアはどこかほっとした気分になる。

（まさか、ネロに人間の知り合いがいるなんてね……）

ケインは捌き終えた肉で、料理まで作ってくれた。簡単なスープと今朝のパンの他に焼いた肉が追加されただけで豪勢に見える。ロゼリアの隣に座ったネロが、自分の皿をロゼリアの皿へ寄せる。

「おい、ロゼリア。オレの肉やるよ」

「いいわよ、そんな気を遣わなくても」

しかし、せっせとロゼリアの皿へ肉を移すネロの手は止まらない。

「オレ、肉は好きじゃないんだ。若は偏食するなって食わせようとするんだけどな」

「あら、そうなの？　ちょっと意外ね。じゃあ、代わりにお野菜をあげるわ」

添えられた野菜をネロの皿に移していると、そのやり取りを見ていたケインがニヤニヤしながら言った。

「ずいぶん、仲睦まじいことで……」

「そ、そんなことないですよ！」

まるで恋人同士のような言い方をされ、ロゼリアは困ってしまう。慌てて否定するロゼリアを見て、ケインは安心したように笑った。

「なんというか……コイツが無理やり家に引きずり込んだってわけじゃなさそうでほっとしたよ」

「は、はい……ネロはとてもよくしてくれてます」

「そうか。ならよかった。結構強引なところがあるけど、悪いヤツじゃないんだ。なんというか、世間知らずで……」

ネロとの程よい距離感が窺える。今の彼は弟を心配する兄の姿そのものだ。

「ケインさんは、ネロを大切にしているんですね」

「ああ、コイツは命の恩人だからな」

照れくさそうにしながら彼は言うが、ネロはなぜか鬱陶しそうな顔をする。

「大袈裟だな。別に大したことしてねぇよ」

「大したことだから感謝してるんだろ、まったく……。そういえば、ロゼリアさんもネロに助けられたんだっけ？　どうして森にいたんだ？」

一瞬、うっと言葉に詰まる。事情が複雑な上に、ケインはネロが聖竜兼邪神であることを知らない。ロゼリアは少しぼかして説明することにした。

「えーっと、私、貴族の生まれで婚約者がいたのですが、私の不手際で婚約破棄されることになったんです。そのせいで実家にもいられなくなって……」

もちろん、婚約者が第一王子で、国外追放を言い渡されたということは伏せておく。

「国外で暮らすことになって、移動していた馬車が盗賊に襲われたところを、ネロに助けてもらったんです」

ロゼリアがたどたどしく言葉を選びながら身の上を語ったのに真実味があったのか、ケインは眉を下げ、同情した目をロゼリアに向けた。

「なるほど、ロゼリアさんも大変だったな」

「はい。ネロに会えたのは幸運でした」

事情が事情なだけにケインはそれ以上追及しようとしなかった。ロゼリアがほっとしていると、「ああ、そうだ」とケインが手を叩いた。

「ロゼリアさんもいるなら、ちょうどいいか」

「ちょうどいい？」

ロゼリアとネロが首を傾げると、彼は言った。

「実はネロに頼みがあってさ、また村に来てもらえないか相談しに来たんだ。最近、物騒だし、ロゼリアさんを連れてこっちに移住してこないか？」

「別に村とここを往復すりゃいいじゃん」

野菜を頬張りながら言うネロを、ケインは呆れた様子で見つめた。

「あのな、お前がいない間にロゼリアさんに何かあったらどうするんだ？　こんな森に女性が一人でいたら、強盗の格好の餌食だろ。それに、危険は強盗だけじゃないんだぞ？」

「危険は強盗だけじゃない………はっ！」

ネロはロゼリアを一瞥した後、カッと目を見開く。

「魔力の暴発で家が倒壊して圧死。水を汲もうと誤って井戸に転落して溺死。自分で用意した食事で食中毒に……」

「やけに具体的な死因を並べないで」

実際にやりかねないので余計に恐ろしい。ケインにはすぐにでも否定して欲しいところだが、彼は大真面目に頷いた。

「そうだ。村にいれば人目もあるし、危険は少ないだろ？」

「あー……確かに……」

ネロは低く唸りながら考えると、ロゼリアに向き直った。

「ロゼリア、移住するぞ」

こうして、家主の決定により、ロゼリアはケインの村へ移住することになったのだった。

三章　捨てられ悪役令嬢、邪神と引っ越す。

翌日、ロゼリアは荷物を簡単にまとめ、ネロと家を出た。ケインは昨晩家に泊まり、ロゼリアが村に住むことを伝える為に二人より先に家を出ている。

空には雲一つなく、絶好のお出かけ日和である。しかし、天気とは裏腹にロゼリアの心はどんよりとしていた。

（私、上手くやっていけるのかしら……）

「どうした、そんな暗い顔して。疲れたのか？」

ロゼリアの足取りが重いことに気付いたのか、少し前を歩いていたネロが振り返った。

「なんなら抱えていくぞ？　その方が早く村に着くだろうし」

「いや、疲れたんじゃなくて……私、村で上手くやっていけるかなって……ほら、元とはいえ、お貴族様だったわけじゃない？　つまはじきにされないかしら？」

「オレがなんとかなってんだから、大丈夫だろ」

ネロは人懐っこい上に気安く、話しかけやすい。そんな彼になんとかなると言われて

「自分も大丈夫」と思えるほど、ロゼリアは脳天気ではなかった。

「簡単に言ってくれるわね……なら、ネロはどうやって馴染んだのよ？」

「どうやってって言われてもな～……気付いたらこうなってたとしか言いようがねぇな」

「羨ましいわ……そういうところ」

そんな話をしつつ、昼過ぎにはケインの村に着いた。

だが、見える範囲に民家は少なく、ネロが言うには一軒一軒の間に距離があるらしい。それほど世帯数が多いわけでもなく、集落に近いようだ。

村の入り口でケインが待っており、二人の姿を見ると手を振ってくれる。

「ネロ、ロゼリアさん、お疲れ。特にロゼリアさんはきつかっただろ？」

「確かに普段歩く距離ではなかったですね……」

家を出る前にネロが瘴気を寄せ付けない加護に加え、疲労軽減の加護をつけてくれた。しかし、長時間歩くことに慣れていないロゼリアはそれでも疲れてしまう。ロゼリアが足を止めるたびにネロが休憩をとってくれたおかげで、なんとかたどり着いた。

ケインは申し訳なさそうに笑い、村の奥を指さした。

「疲れているところ悪いんだけど、今日は集会の日でさ。親父と村のみんなが広場にいるんだ。一応、二人の話はしてあるけど、ついでに挨拶していってくれ」

「え……はい」

ケインの案内の下、広場へ向かうと村の人達が集まっており、彼らの視線がロゼリアに集中する。まるで珍獣を見るような目だ。

「あの子が？」

「ネロが拾ってきたんだって」

こちらに聞こえないように話しているのだろうが、彼らの囁き声は不思議とロゼリアの耳に届いた。この空気感はどことなく社交界に似ている。ロゼリアは不安を胸に抱えながらも素知らぬ振りでネロの隣を歩いた。

広場の中心に白髪交じりの壮年の男性が立っていた。体格ががっしりしていてずいぶんと若々しく見える。その男性に向かって、ケインが声をかけた。

「親父、ネロとロゼリアさんを連れてきたぞ」

「おーっす！　村長、久しぶりー」

ネロが手を振る姿を見て、その男は破顔した。

「おお！　ネロ、よく来てくれた！」

ネロの背中をバシバシ叩きながらそう言った後、村長と呼ばれた男性はロゼリアに目を向ける。すると、彼は驚いた顔でロゼリアの頭からつま先まで何度も視線を往復させた。

「親父、見過ぎだよ。この人がロゼリアさん」

「初めまして、ロゼリアと申します」

「ほう……話には聞いていたが、ずいぶんと別嬪さんで……」

彼は咳払いし、改めてロゼリアに向き直った。

「挨拶が遅れて申し訳ない。不肖ながら村長をしている。お前さんのことは愚息から聞いた。何かあれば遠慮なく頼ってくれ」

「あ、ありがとうございます。あの、ご迷惑をおかけすると思いますが、よろしくお願いします」

ロゼリアがしっかり頭を下げると、村長の豪快な笑い声が聞こえた。ぱっと顔を上げると、ネロにやっていたようにロゼリアの背中を叩く。

「そう畏まらなくていい。元は貴族の生まれとはいえ、ネロが拾ってきたお前さんを邪険に扱うヤツなんてこの村にはいないさ。気を楽にして過ごすといい」

「あ……ありがとうございます」

叩かれた背中は痛くなく、むしろ安堵をもたらした。元貴族だったロゼリアを見る目は厳しいだろうと勝手に思っていたが、周囲の雰囲気は柔らかだ。ロゼリアに物珍しげな視線は投げてきても、軽蔑や嫌悪といったものは感じられない。思った以上にすんなり受け入れられたことに拍子抜けしたくらいだ。

挨拶が終わると、村人がわっとネロの下へ押し寄せて、何やら親しげに会話をしている。すっかり人間の輪に馴染みきっているネロの姿は人と何ら変わらないように見えた。

ネロを囲んでいた男衆が感慨深そうに話す声が聞こえてくる。

「やんちゃ坊主のお前が、たった二週間見ないうちに立派になって」

「あの子のことを大事にするんだぞ？」

「お祝いは後でちゃんとしてやるからな」

「お、おう？　ありがと？」

その後もなぜか祝いの言葉ばかり投げかけられており、当の本人もよく分かっていないのか曖昧な返事をしている。ロゼリアも首を傾げていると、隣にいた村長がぽんとロゼリアの肩を叩いた。

「いやー、まさかネロが嫁を連れてくるとはねー」

「嫁えっ⁉」

驚愕のあまり声を上げたロゼリアを、村長は微笑ましいものを見るような目で見つめる。

「いつもなら、よそから嫁いできた娘の為に歓迎会をするんだが、今は準備する余裕がなくてな。申し訳ない」

「え？　えええっ？」

「夫婦のことで分からないことがあれば、ワシの家内に相談するといい。なーに、家内は肝も太いし、ワシも尻に敷かれている。わっはっはっはっはっ！」

ロゼリアは完全に理解した。初めに感じた村の人達の視線は、貴族の訳アリ娘としてではなく、ネロが連れてきた嫁に対する興味だったのだ。

ネロも頭の中で疑問符(ぎもんふ)をたくさん浮(う)かべていることだろう。だが、彼の性格上、このままでは「まあ、いいか」で済まされてしまう。そうなる前に訂正(ていせい)せねば。

「わ、私達、恋仲(こいなか)とかじゃないですから――――っ！」

「はっはっはっ！　いやー、とんだ早とちりをしてすまなかった！」

「いえ、気にしないでください」

男女が一つ屋根の下で暮らしていれば、勘違(かんちが)いもするだろう。お祝いムード一色だった村の人達はロゼリアとネロの関係を知るや否(いな)や、その事実に大笑いして帰っていった。無事に誤解が解け、今ロゼリア達はケインの家に招かれている。

村長は白髪交じりの頭を掻(か)きながらひとしきり笑った後、改めて二人に向き直る。

「ネロ、帰ってきて早々に悪いんだが、頼(たの)みがある。実はここ最近、畑が荒(あ)らされて作物がなくなってるんだ」

「畑ぇ？　どうせまた熊が下りてきたんだろ？　一発殴(なぐ)れば山に帰るって」

動物が食べ物を求めて人里に下りてくることは少なくない。しかし、村長は静かに首を横に振った。

「普通の人間は熊を殴ろうとは思わん。そうではなくて、動物にしては荒らし方がおかしい」

「あ？」

「えーっと、つまり村長さんは野菜がなくなったのを人の仕業だと思っているんですか？」

首を傾げているネロの代わりにロゼリアが尋ねると、村長は深く頷いた。ネロは赤い瞳をげんなりと細める。

「もしかして、その野菜泥棒を捕まえろってか？」

「ああ、そうだ。男達で夜に見回りをするつもりなんだが、人手が足りない。それにほら、お前さんは魔法が使えるだろ？　だから頼む、手伝ってくれ！」

村長が拝むように両手を合わせた。それをジト目で見つめていたネロは、短く答える。

「やだ」

しんっと室内が静まり返った。村長が縋り付くように頭を下げた。

「そこをなんとか頼むっ！　このとぉーり！」

「やぁーだよ。人のいざこざに巻き込まれたくねぇし。ロゼリア、帰るぞ～」

そう言って腰(こし)を浮かせようとするネロをロゼリアは慌(あわ)てて引き止めた。

「ちょっと、ネロ！　これからお世話になるんだから、相談に乗ってあげてもいいんじゃないの⁉」

「それとこれとは話が別だ。ようは人間の縄張り争いだろ？　オレはそういうのに興味はねぇよ」

　まさかの返答にロゼリアは唖然(あぜん)とする。

（協調性なしか、コイツは～～～～～～っ！）

　神のくせに、なんて融通(ゆうづう)が利(き)かないんだ。いや、むしろ神だからこそ、人との間に一線を引いているのかもしれないが。

　これ以上話を聞くつもりはないと言わんばかりに、ネロはつーんと顔を逸(そ)らした。そんな彼の様子にケインはため息を漏(も)らすと、おもむろに立ち上がった。

「仕方ねぇな」

　そう言って一度部屋から出て行くと、何かを持って戻(もど)ってくる。その手には、手のひらほどの小さな瓶が握(にぎ)られていた。

「おい、ネロ。見事野菜泥棒を捕まえた暁(あかつき)にはこれをやろう」

「あ？　なんだそれ？」

　ケインが無言で瓶の蓋(ふた)を開けると、甘ったるい香りが室内に広がる。ネロが赤い瞳を爛々と輝かせたのを見て、ケインはにやりと笑った。

「お前が欲しがっていた、オレのばっちゃん家の蜂蜜だ」

「やる、任せろ！」

買収に成功し、ケインが「よしっ！」と拳を握る。単純過ぎる……と呆れるロゼリアの隣でネロはやる気に満ちた声で言った。

「とっとと野菜を奪いに来いや、泥棒どもォ！」

「不謹慎なことを言うんじゃないの！」

そうしてケインの家を出た後、ロゼリアはネロが村に滞在中に使っていた家に案内された。それは水車小屋がついた家で、前の住人は粉挽きに使っていたらしい。

室内を軽く掃除し、終わった頃には陽が沈みかけていた。夕食を作る前にロゼリアが一休みしていると、ネロが元気よく向かい側に座った。

「さーて、野菜泥棒を捕まえる為に魔力をもらうぞ！」

よほど蜂蜜が好きなのか、いつ来るかも分からない野菜泥棒を今から捕まえる気でいるらしい。確かにネロの手にかかれば他愛もなく捕まえられると思うが、気が早いことだ。

とはいえ……。

「野菜泥棒を捕まえるのになんで魔力がいるのよ？」

「実はオレには、五つの権能が備わっている」

「五つも……？」

てっきりロゼリアは、ネロにはおおまかに瘴気を使う力と浄化する力の二つしかないものだと思っていた。今さらだが、そういえばこれまでに加護を与えてもらったことを思い出す。

「そう。人間が聖竜の力と呼ぶ、瘴気を浄化する力と生命力を向上させる治癒の力。それから邪神の力と呼ぶ、万物を朽ちさせる腐蝕の力、疫病を呼び寄せる病魔の力。それと無から有を生み出す創造の力だな」

「無から有を生み出す？　何それ？」

「人間からしたら魔法に変わる力なんだが、今のオレはこの力を浄化の力以上には使えない。せいぜい物を浮かすか、風を生むか、小さな火種を作れるくらいだ」

それはいささか弱体化し過ぎではなかろうか。いや、盗賊達を投げ飛ばした力が創造の力なら弱体化したくらいで十分かもしれない。

「なるほど。それで、浄化の力同様に魔力がいるわけね？」

「そういうことだ。つーわけで、魔力くれ」

まるでお小遣いをねだる子どものように手を差し出され、ロゼリアは苦笑する。

「ネロ？　本当は瘴気を浄化する為の魔力なんだからね？　分かってる？」

「分かってるって。ほら、手」

「しょうがないわねぇ……」

ロゼリアがやれやれと彼の手を取った瞬間、急に身体が前に倒れた。

「え……？」

誰かに押さえつけられているわけでもないのに、テーブルに突っ伏したまま首から下が思うように動かない。指先すら動かすことができず、まるで自分の身体ではなくなったかのようだった。

「え、ちょ、何これ⁉　待ってネロ！」

半分パニックになって叫ぶロゼリアに、ネロの呑気な声が頭上から落ちてくる。

「悪い。調子に乗って一気に魔力を取り過ぎたわ。まあ、命に別状はねぇから気にすんな！」

「ど、どれだけ取ったのよ⁉　しかも、まだ取ってるでしょ⁉」

「大丈夫、大丈夫。まあ、今夜はさすがに動けないだろうけど」

彼の顔は見えないが、きっとあの人懐っこい笑みを浮かべているに違いない。

「あとで飯も食べさせてやるし、ちゃんとベッドまで運んでやるから、そのままじっとしてな」

べちべちと頭を叩かれたロゼリアは、ふつふつと怒りが込み上げてきた。

「それじゃ、介護じゃないのよぉおおおおっ！」

ロゼリア達が移住してから三日目の朝。ロゼリアの寝室に来たネロは、唐突にこう言った。

「ロゼリア、今日のお前は留守番だ」

「え、なんで？」

ぽかんとした顔でロゼリアがネロを見上げると、彼はやれやれと肩をすくめた。

「さっき若が来てさ。村の野郎どもは至急広場に集合だって。つーか、お前動けんの？」

「…………むり」

ネロの言う通り、ロゼリアはベッドの上で身悶えしていた。原因は筋肉痛。

この村は自給自足が基本で金銭のやり取りはなく、村人同士が物々交換をして生活が成り立っている。何も持っていないネロとロゼリアは、労働力を対価にケインの家から食べ物を分けてもらっていた。

ロゼリアにとって村で経験することは何もかも初めてだ。新鮮な気持ちで張り切っていたが、普段使わない筋肉を酷使した結果、身体が悲鳴を上げたのだった。

「お前、今は魔力が減ってんだから、上手く魔法を使えばいいのに」

「減ってるって言っても……今までまともに使えた試しがないのに、魔力が減ったくらいで使えるわけないでしょ？」

この国の人間は大なり小なり魔力を持つが、魔法を使えるほどの魔力を持つのは貴族筋の人間ばかりなのだ。たとえ、それなりに魔力を持っている平民がいたとしても、魔法に関する学問の道は平民に開かれていない。ロゼリアが魔法を使えれば村で大活躍だっただろうが、今まで失敗続きなだけに、使おうと想像すらしていなかった。

「たとえ成功率が上がっていたとしても、たかが知れてるわよ……うっ！」

筋肉痛で呻き声を漏らすロゼリアを、ネロは憐れなものを見る目で見下ろす。

「そーいえばお前、昨日は風呂どころか飯も食わずに寝落ちしてたな」

「あ、記憶がないと思ったら、やっぱりそうだったのね……ベッドまで運んでくれたの？」

「それどころか、顔も拭いてやったわ。お前、何しても起きねぇんだもん。ほら、しっかりしろ」

ネロはそう言うと、ベッドに横たわっているロゼリアに触れる。すると、身体の内からぽかぽかと温かくなっていき、さっきまであった痛みが一気に和らいだ。おそらくネロの力のおかげだろう。

「あ、ありがとう……」

ロゼリアが呻くように礼を言うと、ネロはぽんぽんとロゼリアの頭を撫でた。

「まあ、この筋肉痛はそれだけお前が頑張った証拠だろ。今日はゆっくり休みな」

そんなネロの言葉に驚きつつ頷くと、彼は満足げな顔をした。

「ほら、さっさと風呂に入ってこい。飯はテーブルに出してあるから。オレは昼には戻る」

「は〜い……」

間延びした返事をしつつ、寝室から出て行くネロを見送り、ロゼリアはのっそり身を起こす。痛みはなくなったが、まだ身体が怠い。這うような思いで浴室に向かい、湯船に身体を沈めると、ロゼリアは心の中で叫んだ。

(本当にネロ、神っ……いや、神様なんだけど！)

衣食住のうち、食と住を保障すると言っていたので、もっと粗雑に扱われると思いきや、想像以上に彼はロゼリアのことを気にかけてくれている。

一日着た衣服だって、どういう原理か分からないが、ネロに渡した翌日には綺麗になって戻ってくる。村の女性陣から譲ってもらったお下がりが見違えるほど綺麗になっていたのには、本当にびっくりした。

(見ていないようでちゃんと私のことを見てくれているのよね……)

ネロに頭を撫でられたのを思い出し、ロゼリアは鼻先まで湯船に沈む。

（しばらくはこの介護状態が続くかも。早く体力をつけなくちゃ……）

ゆっくり湯に浸かって身も心もすっきりしたロゼリアは、ネロが用意してくれた食事を摂り、それから家の掃除を始める。はたきで埃を落としながら、昨日ケインの家で手伝った仕事内容や話した人の顔を思い返した。

（村の人達の顔もしっかり覚えておかないと……そういえば、年の近い男の子達が昨日、顔を見せに来てくれたわね……確か名前は……ん？）

天井の隅に古い蜘蛛の巣を見つけた。しかし、椅子を使っても届きそうにない。

（こんな時こそ魔法が使えればいいのに……）

ふと、ロゼリアはネロが言っていたことを頭の片隅で思い出す。

『お前、今は魔力が減ってんだから、上手く魔法を使えばいいのに』

（ちょっと試してみようかしら？　確か風魔法は……）

ドンドドンドン！　ドドドン！

不意に家の戸を叩かれ、ロゼリアは思わず「うわっ！」と声を上げた。

（あれ、ネロがもう帰ってきたの？）

しかし、彼ならノックをせずに勝手に自分の家に入ってくるだろう。おまけにノックの仕方が雑で音もまばらだ。まるで複数人が同時に叩いているような……。

しばらくすると、戸の外から甲高い声が響いた。

「おーい、ネロ！　遊べー！」

（え、子ども？）

ロゼリアが戸を開けると、目を丸くしてこちらを見上げる四人の子どもの姿があった。一人は本を抱えた男の子。その隣にはひょろっと背の高い男の子に、小さな男の子を連れた赤毛の女の子。

本を抱えた男の子は、目をぱちぱちと瞬かせた後、思い出したかのように「あっ」と声を上げた。

「最近、ネロと住んでる大人だな！　ネロの家族か？」

そう言って、ロゼリアを睨みつける。しかし、くりんくりんの癖毛はまるで羊のようで、睨みつけられても愛らしく見えた。隣にいた赤毛の女の子が彼の肩を叩いて興奮気味に口を開く。

「そんなの決まってるでしょ、ライ」

彼女は小指をぴんと立ててライと呼んだ男の子に向ける。

「コレよ！」

（さすが女の子、ませてるわ）

一体どこで覚えたのかはさておき、ライは衝撃を受けた顔で彼女の小指とロゼリアを交互に見つめる。

「ネロのヤツ、いつの間にこんな大きな子どもがいたんだ!?」

「違うわよ！　恋人よ、こ・い・び・と！　そうだよね！」

「残念ながら、違うわ。私、居候なの」

ロゼリアが否定して首を横に振ると、彼女はそれが衝撃的だったのか、がくりと膝から崩れ落ちた。その大袈裟な反応がおかしくて笑ってしまう。

「いつもネロに遊んでもらってるの？」

そう問うと、ライと背の高い男の子が首を横に振る。

「ちげーよ、ネロは村で一番暇人だからな、オレ達が遊んでやってるんだ！」

「今日はライの本を読んでもらおうと思って」

「あら、そうなの？」

ライは持っていた本をロゼリアに自慢げに見せつける。表紙に疵があるものの、しっかりとした装丁だ。題名を見るに、誰もがよく知るお伽話を集めたもののようだ。

「前に行商人の兄ちゃんが、ふりょーひんだからってくれたんだ。オレ、この中の文字が五つも読めるんだぞ！」

「まあ、すごいわね！」

「おう！　じーちゃんは本が読めても腹は膨れないって言うけど、オレはこれで勉強して将来お金持ちになるんだ！」

小さな身体に大きな野望を抱いているライの姿は、どこか誇らしげに見える。ロゼリアは実家にいる年の離れた弟を思い出した。

「村で字が読める人は少ないし、ネロは文字が読めるって聞いたからさ……で、ネロは？」

家の中を覗き込むライにロゼリアは小さく苦笑した。

「残念だけど、今、広場に行ってるのよ」

「え～っ！」

子ども達が声を合わせて言う様子も、ロゼリアには可愛らしく映る。

「ごめんなさいね、もしよければ、私が代わりに読んでもいいかしら？」

お伽話であれば、ロゼリアも難なく読むことができるし、子ども達が分からない部分も説明してあげられる。ロゼリアの申し出に子ども達の目がキラキラと輝いた。

「読めるの!?」

「ええ、こう見えてお父様とお母様が教育熱心だったのよ。それと、私はロゼリアっていうの。よろしくね」

ロゼリアが自己紹介すると、子ども達も名前を教えてくれる。

くりんくりんの巻き毛頭の子がライ。一番背の高いひょろっとした男の子がジュン。赤毛を三つ編みにし、そばかすのある女の子がアンネ。そして彼女の弟、クロイだ。

ライ、ジュン、アンネが五歳で、クロイは二歳らしい。

皆を中に招き入れると、朗読会が始まる。難しい言葉は簡単な言葉に言い換え、それでも子ども達が分からない単語は丁寧に説明する。三つ目の物語を読み終わる頃には、話に集中していたライがロゼリアに尊敬の眼差しを向けるようになっていた。

「先生みたいだ……！」

「え？　先生？」

ぽつりと零したライの言葉にロゼリアが反応すると、ライはぶんぶんと首を縦に振る。

「若兄ちゃんはこんなに上手に読んでくれないし、言葉の意味もちゃんと教えてくれなかった！　それに、知らないことや勉強を教えてくれる物知りな人を先生って呼ぶんだろ？」

「え、えーっとそうね」

「じゃあ、ロゼリア先生！」

ライがそう呼ぶと、ジュンとアンネが顔を見合わせてから「先生」と呼び始めた。幼いクロイも真似し始め、それが小さな合唱になる。

「分かりました、分かりました。じゃあ、次のお話を読みましょう」

「やったー！」

正直、先生と呼ばれるほどのことはしていないが、慕われるのは素直に嬉しかった。そもそもロゼリアは自信を持って友人と呼べる相手はたった一人しかいない。大概の人は第一王子の婚約者の座に就くロゼリアをやっかむか、魔力の暴発に巻き込まれないよう遠巻きにするかのどちらかだった。

(元悪役令嬢が先生ねぇ……)

ロゼリアは内心苦笑し、本のページをめくった。

しばらく読み聞かせを続けていると、外から話し声が聞こえてきた。子ども達もその声に気付いたのだろう。みんなで顔を見合わせて立ち上がる。

「ロゼリア、ただいまーって……どわぁっ!?」

「ネロ〜〜〜っ!」

子ども達がネロに向かって一斉に飛びかかり、ぽかぽかと叩き始めた。

「帰ってくるの遅い!」

「暇人なんだから、家にいてよ!」

「もうお前に用はないから帰っていいぞ!」

「ここはオレの家なんだが? つか、何してんだ、お前ら?」

ネロが好き勝手に文句を言ってくる子ども達の頭を撫で回していると、アンネが嬉しそうに言った。

「今ね、ロゼリア先生にご本を読んでもらってたの」

「せんせ？」

聞き慣れない言葉だったのかネロが聞き返せば、何故かライがふんぞり返る。

「物知りで教えるのが上手な人を先生って言うんだぞ。ロゼリア先生は若兄ちゃんより、ご本を読むのも教えるのも上手なんだ！」

「悪かったな、教えるのも読むのも下手くそで」

一緒に来ていたらしいケインが、ネロの後ろからひょっこり現れる。

まさかケインがいるとは思っていなかったのだろう。ライがぎょっと目を剝くと、ケインは「生意気言うヤツはこうだ！」とライの巻き毛頭を撫で回す。それを一瞥した後、ネロはロゼリアが持っている本に目を向けた。

赤い瞳がじっと本を見つめているが、興味があるようには見えない。近くにいたジュンがネロを見上げる。

「ねぇ、ネロもご本読めるんでしょ？　若兄ちゃんよりも上手？」

「まあ、読めなくもねぇけど……今はどうだろうな？　貸してみろ」

ネロがロゼリアから本を受け取って、適当に開いた。ななめ読みをしているのか、ページを送るのが早い。

「今は、って読めないの？」

「いや、分からなくもねぇけど……全部は無理だな」

顔をしかめながらページをめくるネロを見て、ロゼリアはそれもそうかと内心で頷いた。二百年も経てばネロの知らない言葉があっても不思議ではない。しかし、そんな事情など知らないライが胸を張った。

「じゃあ、オレと同じだな！」

「一緒にすんな。お前より読めるわ」

「でも、全部は読めないんだろ？　そういうの、どっこいどっこいって言うんだぞ！」

「無駄に知恵をつけやがって！　なら、一晩で丸暗記してやるよ！　ロゼリア、これを夜に読んでくれ。どうせ夜は暇だろ？」

「子どもと張り合ってどうするのよ……ライが本を貸してくれたらね」

まるで子どもに言い聞かせるような口調でロゼリアが言うと、ジュンがじっとこちらを見つめて言った。

「いいなぁー、ネロ。ロゼリア先生に寝る前にご本を読んでもらえるなんて」

「ずるい！　オレだって寝る前にロゼリア先生に読んでもらいたい！」

「へ？」

ロゼリアが素っ頓狂な声を上げると、アンネが諭すように二人の肩に手を置いた。

「ダメよ、夜にロゼリア先生がいなかったら、ネロが寂しくて泣いちゃうでしょ？」

「誰が泣くか。そもそもロゼリアはオレのもんだから、昼も夜も貸し出さねぇよ～だ！」

「ちょっ⁉」

（子どもに向かって何を言っているんだこの男は）

ロゼリアは訂正しようとしたが、アンネの奇声によって遮られた。

「きゃあ〜〜〜っ！　やっぱり二人は付き合って……！」

「あー、はいはい。チビどもは家に帰るぞー」

アンネを捕まえたケインがそう言うと、子ども達が文句を垂れる。

「え〜、なんで〜？」

「もっと先生に読んでもらいたーい」

「これから大人達で大事な話をすんの。ほら、お前らの家に送ってやるから」

「はーい……」

「やだー！　二人の馴れ初めとか聞くのー！」

それぞれ不満げな顔をしながら子ども達は帰っていく。彼らが遠ざかっていくのを確認してから、ロゼリアは声を落としてネロを見上げる。

「ネ〜ロ〜？　子どもの前で変なこと言わないでくれる？」

「別におかしなことは言ってねぇだろ？　それに一晩でもお前がいないのは困るんだよ」

「あー、魔力補給ができなくなるものね」

確かに彼はロゼリアの魔力を必要としている。そういう意味ではロゼリアがいなくなったら困るだろう。しかし、それを聞いたネロは不機嫌そうに目を細めていた。

「どうしたの？」

「……なんでもねぇよ。つか、なんでチビ達と本を読んでたんだ？」

「元々ネロに読んでもらいたかったみたいで、貴方がいなかったから代わりに読んであげていたのよ」

ネロはライに返しそびれた本をパラパラとめくりながら呆れた口調で言った。

「疲れてんだから、ほっとけばいいのに」

「つい読んであげたくなったのよ。私、あの子達と同じくらいの弟がいるから」

小さな弟によく絵本を読んであげていた。追放される前夜も、弟が寝落ちするまで大好きな絵本を繰り返し読んだのを思い出し、寂しい気持ちが胸の中を通り過ぎる。

（今頃、みんなはどうしているのかしら……）

ロゼリアが俯いて、もう二度と会うことのできない家族の顔を思い浮かべていると、ネロに頭を撫でられる。

今朝のぽんぽんという撫で方ではなく、まるで泣いている子どもをあやすような優しい手つきに、ロゼリアは驚いて顔を上げた。しかし、そこにあったのは、きょとんとした顔でこちらを見つめるネロの顔。

「ん？　どうした？」

「あ……いや……」

ロゼリアはどう答えていいのか戸惑う。彼の表情から察するに、ロゼリアの頭を撫でた行為に深い意味はないのだろう。

(一瞬、どきっとしたなんて口が裂けても言えないわね……)

気恥ずかしくなってネロから顔を逸らし、慌てて誤魔化す。

「そ、その……無闇に撫でないでくれる?」

頬が熱を帯びていくのを感じながらロゼリアがそう口にすると、ネロは目を瞬かせた。

撫でていた手を引っ込めるかと思いきや、そのままわしゃわしゃと豪快にロゼリアの髪を掻き回す。

首ごと掻き回す勢いは、雑を通り越してもはや乱暴だ。このままでは首が取れると危機感を覚えたロゼリアはネロの手を叩き落とす。

「何⁉　いきなりなんなの⁉」

彼は自分の手とロゼリアを交互に見た後、すっと人差し指を立てた。

「もう一回」

「はい?」

「もう一回やりたい」

「無闇に撫でないでって言ったばかりでしょ⁉」

あんなのを何度もやられたら、たまったものじゃない。ロゼリアが手で自分の頭を守ると、ネロはムッと不満げな顔をした。

「そう言うわりには嫌そうに見えなかった」

「そ、それは……」

図星を突かれて、返す言葉が見つからない。驚きこそしたが、ネロに下心がないと分かっているから嫌悪感はなかった。とはいえ、あんな風に触れられてしまうと、子ども扱いされているようで恥ずかしい。

「……でも、さっきみたいに乱暴にやられるのは嫌！」

まっすぐ見つめてくる赤い瞳から逃げるように目を逸らすと、ネロのひんやりとした手がロゼリアの頬に触れる。

「分かった。今度はもっと優しくする。そして、乱れた髪をそっと耳にかけた。

「おーい、ネロ。ライが本を忘れたって………あ」

「ん？」

「え？」

戸を開けて入ってきたケインが立ち止まり、二人もぽかんと彼を見つめてしまう。三人の間に妙な沈黙が流れた。

ロゼリアの髪にはネロの手が添えられている。自分の状況を思い出したロゼリアが慌

てネロの手を叩き落とすと、ケインの目が徐々に生温かいものに変わった。

「お邪魔しました～、ごゆっくり～」

「ちょ、まっ！　ちがっ！」

戸を閉めようとするケインをロゼリアは慌てて呼び止める。

「いや、ごめんごめん。二人きりの時間を邪魔して。ライには適当に言っておくから」

「誤解よ、誤解！　むしろ、待ってた！　そ、そう！　大人だけの大事な話があるんでしょ!?　ね、ネロ！」

「………………おう、上がっていけよ」

ネロは叩き落とされた手を見つめた後、その手でくいっと室内に入るように促す。それを見たケインは苦笑しながら、室内へ入った。

ケインの大事な話とは、先ほど男達で集まり、村長から聞かされた件についてだった。簡単にまとめると、昨夜見回りをしていた二人が、村の外で不審な明かりを見つけたらしい。その明かりはすぐに消えたが、彼らはそれが野菜泥棒ではないかと判断したようだ。

そこで『女、子どもは夕方から朝にかけての外出を控えること。皆、必ず複数人で行動すること』と周知され、見回りの人数も増やして警戒を強めることになった。ケインが子ども達を家まで送っていったのも、これが理由らしい。

「じゃあ、基本的にネロと一緒にいればいいってこと？」

「ケインさんも？」

「若もいるぞ」

ネロは戦力として頼りになるし、一緒に暮らしているので妥当な相手だろう。しかし、そこにケインまでいるだろうか。

ケインはネロの頭を小突きながら言った。

「ネロは目を離すと、すーぐどっか行くんだ。二日くらい帰ってこないこともざらにあったしな」

「事前に報告するようになっただろ？　今はロゼリアがいるんだから、勝手には出て行かねぇよ」

「どうだか。この前いきなり村を出て行くって言い出したのをオレは忘れねぇからな」

「あの時は遠いところまで行きたい気分だったんだよ」

「そういうところだよ、この風来坊！」

「あいてぇっ！」

後頭部を引っ叩かれたネロは、納得いかない顔で頬杖をついていた。ここまで来ると、むしろ信頼されていると言っていいだろう。やんちゃな弟とそれを叱る兄のようなやり取りを、ロゼリアは穏やかな気持ちで眺めるのだった。

ネロがロゼリアと共に村へ移住して一週間が経過した。

この村に来てから、ネロは魔力をもらうついでに、ロゼリアが魔力を扱えるよう少しずつ体質改善を施している。おかげで暴発は抑えられ、魔力の受け渡しも楽になってきていた。

ロゼリア自身も暴発が抑えられていることに気付いているのか、以前と比べ表情が柔らかい。

（うん、いい仕事をした）

ケインの母達と洗濯に励むロゼリアの様子を見て、ネロは満足げに頷く。

彼女の挙動一つ一つがネロの日々の楽しみだ。最近では子ども達に本を読み聞かせる声にまでネロは聞き入ってしまっていた。

「おい、ネロ。よそ見すんな」

「へーい」

横からケインに小突かれ、ネロは唇を尖らせた。

ロゼリア達が洗濯している間に、ネロはケインと畑に水撒きをする。この村には魔法を使える人間がいない為、水撒きも重労働だ。しかし、ネロは水を運ぶくらいなら簡単にできる。

「そらよっと」

創造の力を使い、川の水を浮かせ、空高く放り投げた。まとまって落ちてくる川の水に、圧縮した風の塊をぶつけ、雨のように振りまく。空にかかった虹を見て、ケインは感心したように言った。

「お前の魔法、ほんと便利だな……」

「そうかー？」

ケインや村の人間は、ネロの力を魔法だと勘違いしているが、勘違いされても特別困ることではないので、ネロは「まあ、いっか」で済ませていた。

もう一度同じように水を撒いていると、遠くから呼ぶ声が聞こえた。振り返ると、ロゼリアがこちらに向かって手を振っている。

「ネロ～、若～！」

「洗濯物を絞るからちょっと手を貸してくれないー？」

「あいよー」

最近のロゼリアはケインとも打ち解けてきたらしく、彼を「若」と呼び、言葉遣いにも遠慮がなくなってきた。ロゼリアはネロ達の姿を見て、腰に手を当てる。

「二人とも服が濡れてるじゃない。そのままだと風邪引くわよ」

「大丈夫だ。風邪なんて引いたことねぇから」

「まあ、ネロはバカだから風邪なんか引かないだろうな」

「誰がバカだ」

ぶつくさ言いつつもネロはさっとケインの服も一緒に乾かす。すると、ロゼリアがそれを羨ましそうに見つめていた。

「なんだよ？」

「便利でいいわね……」

「お前も魔法を使えばいいだろ？」

暴発を抑えられている今なら、魔法に失敗しても大した被害にはならないだろう。それにロゼリアは魔力の回復が早い。魔法の練習で困るようなことはないはずだ。

しかし、ネロの言葉にロゼリアはため息交じりで返す。

「すぐにできたら苦労しないわよ。はい、ネロはこれをお願いね」

「へーい」

ロゼリアから大きなシーツが入った籠を手渡され、ネロはシーツを雑巾のように絞った。

隣にいたケインが大量の水が地面に落ちたのを見て、若干引き気味に口を開く。

「相変わらず、すごい握力だな」

「そーかー？」

適当に絞ったシーツをぽいっと空の籠へ放り、ネロが次の洗濯物を手に取った時だった。

「ロゼリアさん、手伝うよ！」

そんな明るい声が聞こえ、ネロは顔を上げる。洗濯物を広げているロゼリアの隣に、年若い青年が立っていた。ロゼリアとそう年の変わらない彼は、自分の母親に「あら、珍しいわね」と笑われて、気恥ずかしそうにしている。

そして、ロゼリアが広げていた洗濯物を半ば強引に取ると、物干しにかけてしまう。

「あ、ありがとうございます……」

ロゼリアが少し困った表情を浮かべながらも微笑むと、青年は「いえいえ、このくらい」と笑って返した。

（なんだ、アイツ？）

洗濯物を絞っていた手に力が入る。隣にいたケインから「うわっ……」という声が聞こえた気がしたが、ネロは構わずロゼリア達の様子を凝視する。

「ロゼリアさん、物干し台が高くて干すの大変でしょ？　広げてくれたらオレが干すからさ！」

「親切にありがとうございます。でも……」

「いいから、いいから！」

（なんだ、アイツ）

胸の中にもやっとした感情が浮かぶ。その感情が何かは分からないが、気分がいいものでないことは確かだ。ネロは冷静にその理由を模索する。

ロゼリアの隣に並ぶ青年。そしてあの嬉しそうな顔。弾むような明るい声。どれをとっても気に食わない。

ネロは絞ったシーツを乱暴に籠に投げ入れた。

（なんというか……面白くねぇな）

基本的にロゼリアは自分のことは自分でやるし、慣れないながらも必死にやり遂げようとする。ネロはそれを眺めているのがわりと好きだ。

（アイツがロゼリアの隣であれこれやっているのを見てると、なんかこう……）

ぎゅっ……。

次のシーツを絞る手に感情が籠る。二人の様子を見つめながら洗濯物を黙々と片付けていくと、ロゼリアと視線がかち合った。すると彼女は、何かを思いついたように表情を明るくさせ、青年に言った。

「今日は大きい洗濯物が多いから、絞るのを手伝ってもらえたら助かります。男の人の手を借りると全然違うので！」

「はい、任せてくださ……」

「ネロ〜、若〜！　人手が増えたわよ〜！」

「え、ネロ⁉」

ネロ達がいることに気付いていなかったのか、青年はぎょっとした様子で固まる。

「シーツを絞るのを手伝ってくれるって。あとどのくらい残って……ってナニコレ⁉　ぎちぎちに絞りきって固くなってるんだけど⁉」

籠に入った洗濯物を手に取って驚くロゼリアを見て、少しだけ胸がすっとする。

そうそう、自分はロゼリアのこういう反応を間近で見たかったのだ。

ロゼリアは「これじゃ、手伝いはいらないわね」と残念そうに呟くと、洗濯物が入った籠を手に取る。

「ネロ、洗濯物ありがとう。これ、もらっていくわね」

そう言って背を向けたロゼリアを見て、ネロは咄嗟に籠を持っていない方の手を掴んだ。

「ネロ？　どうしたの？」

ロゼリアは鳩が豆鉄砲を食ったような顔をして振り向き、ネロは何も言わずにロゼリアの手を引いて青年のところへ行く。

ネロが青年の前に立つと、彼は一瞬怯んだ様子で後ろへ一歩下がった。ただじっと見ただけなのに、なぜこんなにも顔を引きつらせているのか。

「こっちは人手が足りてっから、お前は家の仕事を手伝ってこい」

「う……うっす」

上ずった声で返事をした青年は、逃げるようにその場を離れていく。

彼の姿が見えなくなったと同時に、ネロは安堵感にも似たため息をついた。

(ん？　なんでため息が出たんだ？)

「ネロ？」

ロゼリアが困惑(こんわく)した様子でこちらを見上げている。

「ん？　なんだ？」

「手」

「手？」

握っている手にロゼリアの視線が向けられ、ネロはようやくその手を放した。

「ああ、悪い。さっさと干して終わらせるか」

「え？　ええ、そうね？」

なぜか疑問形で返事をするロゼリアを不思議に思いながらも、ネロは籠に入っていた洗濯物を取り出したのだった。

ロゼリアがネロと村に移住し、二週間ほどが経過した。

ネロと一緒にケイン宅の畑仕事を手伝っていると、ロゼリアの様子を見ていたケインがしみじみと言った。

「いやぁ～、なんつーか……ロゼリアさん、順応性が高くない？」

「え？　そうかしら？」

ケインの言葉にロゼリアは水撒きしていた手を止めた。

「ほら、土いじりとか家畜の世話とか嫌な顔しないでやるし、口調も気取ってないしさ。うちのお袋もロゼリアさんが働き者で助かるって喜んでたよ？」

その言葉に、ロゼリアは思わず苦笑交じりに言った。

「なら、よかった。だけど、私は順応性が高いんじゃないのよ」

「そうなのか？」

「だって生活に慣れるには、一連の流れや仕事を覚えるのが一番だと思うのよね。教える側もその方が助かるだろうし、それに、訳アリの私を快く迎えてもらったんだもの、嫌な顔なんてしないわよ」

今の生活に戸惑う部分も多いが、とはいえもう貴族の生活に戻ることはないと思っているし、生きていく為には働かなければならないと理解している。仕事をもらう立場で『お嬢様だからできません』では話にならないのだ。

だから、必死に仕事を覚えようと頑張っている自分を好意的な目で見てもらえたのは嬉しかった。

「それに、私は時と場所、場合に応じて弁えることが最低限のマナーだと思っているの。口調だって慇懃過ぎても逆に失礼な感じがするしね」

令嬢の時と違い、一人称も口調もあえて砕けたものに変えている。元々ロゼリアは公爵令嬢として表に立つ時と私生活では顔を使い分けていた。そうでなければ貴族なんてやっていられないのだ。

それを聞いて、ケインは納得するように頷いた。

「ああ、それは少し分かるわ。初めて会った時のロゼリアさんの口調より、今のロゼリアさんの方が親しみやすい感じがする」

「ならよかった。私にとって、誰かと仲よくなることが一番難しかったから」

学院では同世代の子と親しく会話をした記憶がほとんどない。なんせ魔力のせいで危険人物と噂されていたのだ。暴発させないように常に気を張っていたし、今思えば自分の口調もきつかった気がする。

こうして誰かに親しみを覚えてもらえることは、素直に嬉しかった。

しかし、ロゼリアのそんな考えとは裏腹に、ケインは同情するように眉を下げた。

「人間関係でもなんでもいいから、村で困ったことがあれば言ってくれよな？」

「ありがとう。村の人達はみんないい人ばかりだし、お手伝いも楽しいわ」

本心から出た言葉だったが、どうやらケインにはそう聞こえなかったらしく、むしろ不安げな顔をされてしまう。

「本当、頑張り屋さんだよなぁ……よけいに心配になってくるよ……」

「もう、それは一体どういう……」

「おーい、若～」

ロゼリアが聞き返そうとした時、離れたところで草むしりをしていたネロの声がそれを遮った。

「ちょっと来てくれ～」

「あいよー」

ケインはネロの下へ行き、ロゼリアも水撒きを再開した。すると、青々とした葉の隙間から艶のいいトマトが目に入る。

（また実がついてる……）

この村では、通常では考えられないほど野菜が採れるという。いくら採っても三日と空けずにまた収穫できるのだ。ケインに聞いたところ、ネロが村に滞在するようになってからこうなったらしい。

おそらく、ネロが何かしたのだろう。

（瘴気で野菜が育たない土地もあるらしいのに、こんなにたくさん採れるんだもの。野菜泥棒が来るのも頷けるわね……）

瘴気が発生する地域は作物が育ちにくく、さらに疫病が流行る恐れがある。その為、瘴気が収まるまでその地域を封鎖してしまう領主もいるくらいだ。加えて年々瘴気の被害が大きくなっていると聞く。国民も限界を感じているだろう。

（ネロが浄化の力をもっと使うことができれば、国の状況も好転するのに）

ネロは今、瘴気を扱う力が強まっており、相対するように浄化の力が落ちてしまっている状況だ。

弱体化した浄化の力が元に戻るまで、一体どれほどの時間がかかるか見当もつかない以上、今できることをするしかない。そもそもゲームであれば、ネロは今頃大暴れしているのだ。ネロが暴走していないだけ、よしとしよう。

水撒きを終えて、ロゼリアは小屋に桶を片付ける。ふと、自分の手のひらについた泥を見て、手を洗う簡単な魔法を試してみた。

「『水よ、現れよ』」

ロゼリアがそう呪文を唱えると、手のひらに雲のようなものが浮かぶ。

（この水蒸気が水になれば……あっ）

一瞬の気の緩みから小さな雲は霧散し、ロゼリアは肩を落とした。

「ダメか……」

本来なら、瞬時に水を生成する魔法だ。ネロに魔力を渡すようになってから、密かに練習を重ねていたが、暴発するような大失敗もしなければ、成功もしないという状況である。

（一応、形になってきたし、もうちょっと練習すれば……）

「ロゼリア」

顔を上げるとネロがこちらに向かってやってくる。

「チビ達がお前を探してるぞ」

「あら、もうそんな時間？」

ここ最近、ケイン宅の手伝いが終わった後、ロゼリアは子ども達と過ごしていた。親達は家の仕事が忙しく、子ども達は遊びたい盛りだ。近くで見ていてくれる人がいるなら安心できると、親達は子どもの面倒をロゼリアに頼んでいた。大切な子どもを任せてくれるほど、ロゼリアに信頼を寄せてくれているようだ。

「ああ、だから戻るぞ」

そう言うとネロは手を差し出し、ロゼリアは彼の手を取った。

最近のネロはやたらと手を繋ぎたがる。ネロ曰く、『危なっかしいから』らしい。一度「どこが危なっかしいのよ」と問い詰めたところ、「全部」と言って頭をぺちぺちと叩かれた。そんなに気になるほど、自分は危なっかしく見えるのだろうか。

しかし、拒否するのもかわいそうなのでそのままにしている。

「ロゼリア先生〜！」

少し遠くの方から呼び声が聞こえ、そちらに目をやると母親達に連れられた子ども達の姿が見えた。

子ども達が駆け寄ってくると、ネロからロゼリアを奪うように引っ張った。

「先生、今日はお姫様のお話が聞きたい！」

「オレは冒険もの！」

「はいはい。分かりました」

話の続きをせがまれながら子ども達に引きずられていくロゼリアに、母親達はにこやかな顔をする。

「ロゼリア先生、おはようございます。今日もよろしくお願いしますね」

「はい。よろしくお願いします。いつもとお変わりないですか？」

「ええ、ジュンはロゼリア先生のところに行くのが楽しみで仕方ないみたいで」

「うちのアンネもよ。家でクロイと先生ごっこをしてるわ」

「ライなんて、先生の自慢話ばかりするんですよ」

ロゼリアは自分の弟と同じように接していただけだが、母親達の言葉を聞いて嬉しくなる。読み聞かせの他にも遊びを交えて読み書きなどを教えているが、子ども達自身が意欲的なので教えているこちらも楽しい。

「楽しんでもらえて私も嬉しいです」

「ねぇ、先生！　早く行こうよ！」

大人達の会話にしびれを切らした子ども達がそう言い、ロゼリアも頷く。

「ええ、そうね。行きましょうか」

「若、オレもロゼリアと戻るけど、お前は？」

ネロがケインに声をかけると、彼は「それがさ……」と頬を掻いた。

「今日は畑仕事の後、親父に呼ばれてんだわ。オレがいなくてもちゃんとロゼリアさんとチビ達を見てるんだぞ？」

「言われなくても見てるよ。また夜にな」

ネロはそう言って、ケインに向かって軽く手を振る。

「おう。今夜、迎えに行くから寝ずに待ってろよ？」

「へーい」

ケインの軽口にネロは適当な返事をするのだった。

ネロ達と別れた後、畑仕事を一通り終えたケインは広場へ向かった。そこに集まっていたのは、ケインの父の他にケインの母や夜の見回りに参加している男達だった。

「おお、来たか。ネロとロゼリアさんの様子はどうだ？」

そう聞いてきたのは、ケインの父である。ケインは今朝の二人の姿を思い出して、肩をすくめた。

「いつも通りだよ。一生懸命に畑仕事してるロゼリアさんをネロが近くで見守ってる感じ」

ロゼリア達がこの村で暮らし始めてから、ケインは二人の様子を密かに観察していた。ネロとロゼリアを村に招いた張本人ということもあって、ケインは二人の世話役を担っている。

ロゼリアも村の生活に慣れ、あの気分屋のネロがちゃんとロゼリアを気にかけているのを見て、内心でほっとしていた。

　ケインの母は息子の報告を聞いて、ふんわりと微笑む。

「ロゼリアさん、本当にいい子よね。気遣いもできるし、もの覚えも早いし。この間なんて、針仕事を手伝ってもらったら、手際がよくてあっという間に終わってしまったの。ロゼリアさんみたいな娘が欲しかったわ」

　そう言うケインの母に、うんうんと大きく頷いたのは、小さな子を持つ親達だった。

「そういえば最近、アンネとクロイの面倒を見てもらっているんだが、すごく懐いててさ」

「ああ、子ども達に勉強を教えてくれてるんだっけ？　最初はうちのライがさらに生意気になるって心配してたんだが、逆に聞き分けがよくなってさ。なんでもドートクってヤツを教えてもらったんだと」

「確か、考え方や相手を思いやる気持ちを教えるってヤツだったか？　学があっても意味がないと思っていたが、ああいうものなら勉強も悪くないな」

　皆が和やかな様子で話していると、村人の一人が広場の外へ目をやる。

「お、噂をすれば」

　彼の視線の先には、子ども達を連れて歩くロゼリアとネロがいた。

　子ども達に手を引っ張られながら歩くロゼリアの後ろを、ネロがゆっくりついて行く。

その様子は、以前からネロを知るケイン達にとっては意外なものだった。

いうなれば、ネロは自由人そのもの。行き倒れたケインを村まで送り届ける善良なところもあるが、かなり気まぐれな性格をしている。

食べ物を条件に屋根の修理などを頼んでも、その日の気分で断るし、ある日突然ふらっと出かけて数日後に帰ってきたこともあった。おまけに色恋沙汰に興味がなく、年若い娘に秋波を送られても意に介さなかった。そんな風来坊のネロが……。

「初めはネロが女の子と暮らしてるって聞いてなんの冗談かと思ったが、ちゃんと大事にしてるみたいじゃないか」

「本当。まるでネロが親鳥についていく雛みたいね」

ケインの父と母がのほほんとした様子で語り、ケインは小さく首を横に振る。

「いや、あれは……じゃれ合う子犬達を見守る親犬だろ？」

「あぁ〜〜〜……」

子ども達と戯れるロゼリアをネロはゆったりと眺めていた。その悠然たる構えは、堂に入っている。

そのうちにネロがケイン達に気付いたらしく、軽く手を振ってきた。ケインが手を振り返せば、ネロは再びロゼリア達に視線を戻す。どうやらケインに言われた通り、ちゃんと周囲を気にしているらしい。

「ネロがあんなに大事にしてるなら、うちの息子は勝ち目がないなぁ～」

しみじみそう言ったのは、ロゼリアと年が近い息子を持つ男だった。

「なんかロゼリアさんに一目惚れしちまったみたいでさ……」

「ネロが連れてきた相手って時点で無理だろ」

「オレもそう諭したんだがなぁ……あのネロに牽制されまくってるのに、諦めきれないみたいだ」

「若いなー」

子を持つ親達が笑いながら語り合っていると、ケインの父が手を叩く。

「さて、無駄話は終わりだ。昨日の見回りはどうだった？」

昨夜見回りをしていたのはライとジュンの父親達。二人は首を横に振る。

「平和な夜そのものだったよな？」

「最近の夜は明るいしな……」

二人の言葉を聞き、皆が苦笑した。おそらく他の大人達もネロが村にやってくる前のことを思い出したのだろう。

ケインが再び広場の外へ目をやると、すでにネロ達の姿はない。

（ほんと、アイツと出会ってから平和だわ……）

野菜泥棒対策で警戒をしているとはいえ、村全体でこうも呑気に構えていられる状況に、ケインも信じられない気持ちが残るのだった。

その夜、食事も入浴も済み、ロゼリアがのんびり椅子に腰かけていると、ネロがおもむろにロゼリアの髪に触れる。

「おい、まだ髪が乾いてないぞ。このまま寝るなよー」

「だいじょうぶ、ねないわよ……」

「声がすでに寝そうだろう。ったく」

ネロが風を起こし、ロゼリアの髪を撫でるように乾かしていく。その優しい手つきに心地よさを感じた時、ロゼリアはハッとする。

「待って！　自分でやる！　自分でやるから！　風だけ出してくれればいいから！」

「うるせぇ、大人しく世話されてろワガママ娘！」

「むしろ、謙虚な発言だけど⁉　というか、男の人に髪を触られるのって、落ち着かないのよ！」

普通、異性に対して無闇に触れるものではないが、神様だからなのかネロはロゼリアに触れることに躊躇がない。最後までロゼリアの面倒を見ると決めているのもあるだろう。

時折うたた寝するロゼリアを寝室に運んでくれたり、こうして濡れた髪を乾かしてくれたりする。ロゼリアにとってその厚意はとてもありがたい。ありがたいのだが……。

(大事にされてるのが分かるっていうか……なんか恥ずかしいのよ！)

しかし、ネロは首を傾げるだけで、髪を乾かす手は止まらなかった。

「そういうもんか？　ほい、できた」

ネロはそのままロゼリアの隣に腰を下ろした。そして、ロゼリアに手を差し出す。

「魔力くれ」

「はいはい……」

ロゼリアが大人しく自分の手を重ねると、ネロはその手を握り、静かに目を閉じた。

初めこそ緊張で変な汗をかいていたが、今ではすっかり手を繋ぐことに慣れてしまっている。野菜泥棒の一件もあって常に一緒に行動しているせいか、最近ではこの隣同士の並びに安心感まで覚えていた。

(ネロって意外に過保護なのよね……一応攻略対象だけど、ネロと甘々に過ごす展開があったらどうなってたんだろう？)

ゲームでは甘い展開がほぼ皆無だった。なんせネロは聖竜姫への恨みが先行し、常に攻撃的なのだ。会話すらままならず、展開によってはヒロインに向かって普通に拳が飛んでくる。そんなネロからヒロインを守ってくれる他の攻略対象の一枚絵がとても格好よかった（※ただし、レオンハルトは除く）。

ちなみに邪神ネロの攻略法は、最終章までに彼が纏う瘴気を浄化すること。そうすることで怒りを鎮め、会話が可能となり、ようやく攻略条件が立ち上がる。

（遅過ぎる攻略、そしてヒロイン達への強い敵意からあえて甘い展開を排除したんだろうな……そりゃ、殴りかかってくる男を好意的には見られないわよね……でも）

その攻撃的な性格は、ゲーム内だけの話だ。

（今のネロだったら、ヒロインのアイラと恋に落ちるのかしら？）

彼女とネロが一緒にいる姿を想像すると、もやっとした感情が浮かんだ。

（というか、あの子はレオンハルトを選んだんだから、今さらネロを選ぶわけないか）

そう考えているうちに身体が怠くなってきた。だいぶ魔力が取られた証拠だ。そろそろネロも止めるだろう。

しばらくすると、手から温かいものが流れ、身体中に巡っていくのを感じる。まるで湯船に浸かっているような心地よさに、気怠さが眠気に変わっていく。頭がぼんやりとし、瞼を開けているのもつらくなってきた。

とうとう目を閉じたロゼリアは、手の甲を叩かれて目を覚ました。

「おーい、ロゼリア。起きろー」

「うう……ごめん。寝てた？」

重い頭を上げて、瞼をこする。頭がはっきりしてきた頃には、怠さが綺麗に吹き飛んでいることに気付いた。それどころか、恐ろしく身体が軽い。

「最近、魔力供給の後、すごく身体の調子がいいのよね。最初は怠くて動けなかったのに……」

「あー。前にお前が畑仕事の翌日に筋肉痛で呻いてたから、最近はついでにオレの力で疲れを吹っ飛ばすようにしてんだよ」

(え？　私、知らず知らずのうちにボディケアまでされてた？)

炊事洗濯のみならず、ボディケアまでこなすこのラスボス。超高性能過ぎではなかろうか。

(面倒を見てくれるとはいえ、このままじゃネロなしでは生きていけない身体になりそう)

ロゼリアはこの危機感をそっと胸に刻んだ。

「ありがとう……でも、私に力を使うのは勿体ないんじゃ……」

「こんなん微々たるもんだよ。全盛期ってほどじゃないが、お前のおかげでだいぶ魔力が溜まったしな」

元気に肩を回すネロに、ロゼリアは「そういえば……」と前に感じた疑問を口にする。

「魔力の補充先って私以外でも成り立つの？」

当初ロゼリアは、ネロの補助はヒロインのアイラがすべきだと思っていた。なぜなら、彼女は浄化の力を持っているし、ロゼリアほどではないとはいえ、魔力もそれなりにある。

しかし、ネロは軽く一蹴した。

「ムリムリ。お前がぶっ倒れるほど魔力をもらって、ようやく従来の力に近い性能で浄化できるんだ。他のヤツに代用できるわけねぇじゃん」

確かに以前、魔力の取られ過ぎで身動きできなくなったことがあった。それでもネロの完全復活とはいかないのだ。他者で代用ができないのも無理はない。

「それに、お前の魔力は良質で燃費がいいしな。野菜泥棒を見つけたら、ぱぱーっと捕まえてきてやるよ」

ネロがご機嫌で「もらった蜂蜜は何に使おうかなー」と呟いている姿が、まるで子どものようで笑ってしまう。

「ほどほどにしなさいよ？」

「分かってるって」

不安になりそうなほど軽い返事に、ロゼリアがもう一言付け加えようとした時、戸を叩かれた。

「おーい、ネロ。迎えに来たぞ」

「お、もうこんな時間か」

ネロが戸を開けると、そこにはランプを持ったケインが立っていた。ネロも用意していたランプを手に取ると、ロゼリアに言う。

「いいか、ちゃんと戸締りしろよ？　たとえ、知り合いが来ても戸を開けるなよ」

「安心して、たとえネロが帰ってきても朝まで戸を開けないから」

「オレは入れろ」

二人の軽口の叩き合いにケインが小さく笑った後、ネロの肩を叩いた。

「すっかりロゼリアさんの尻に敷かれてんな。ほら、行くぞ」

「へーい」

ネロがケインの後についていき、家を少し離れたところで振り返る。

「いいか、ちゃんと鍵を閉めてから寝ろよ！」

「はいはい、分かってるわよ」

しつこいネロをロゼリアは適当にあしらい、彼の姿が見えなくなったのを確認してから戸を閉めた。

「まったく、人を子ども扱いして……」

口では文句を言いながらも、家族以外の誰かに心配されるというのは、こそばゆさを感じる。彼に世話を焼かれることも悪い気はしない。しかし、いつかは彼から離れないといけないと思うと、やはりただ甘えているわけにはいかなかった。

戸に閂をかけて、窓や水車小屋に続く戸も同じように戸締りを確認してから寝室へ向かう。燭台の明かりを吹き消して、ベッドに横になった。

（だいぶ慣れてきたわね……ここでの生活も……）

固いベッドで眠ることにも慣れ、家事にはかなり体力を使うことも知った。ケインの一家だけでなく、他の人達も何かとロゼリアを気にかけてくれている。正直、公爵令嬢だった頃よりも心穏やかだ。ネロに魔力を与えるようになって、魔力が暴発しなくなったことも大きな理由かもしれない。変な輩が村にやってきているかもしれないのに、落ち着いていられるのもおかしな話だ。

（泥棒騒ぎが済んだら、本格的に瘴気のことを考えないと……）

いつかヒロイン達と鉢合わせた時にネロが大変なことになる。そんな風に頭の中でごちゃごちゃ考えていたら、瞼が重くなってきた。

ロゼリアは静かに目を閉じて、意識は微睡みに落ちていった。

ふと、近くから異音が聞こえ、ロゼリアの意識が浮上した。

家の壁は薄く、外の音は聞き取りやすい。それが静まり返った夜ならなおのことだ。

「──……っ！」

「──………？」

それは人の声だった。ネロが見回りで近くに来ているのだろうか。しかし、それはロゼリアが知る男の声ではない。

（子どもの声……？）

何を話しているかまでは分からないが、甲高い子どもの声に聞こえたのだ。

そっと窓を開けると、今度ははっきりと聞こえてくる。その聞き覚えのある声に眠気が吹き飛び、ロゼリアは上着を羽織って家から飛び出した。

（どこ!?　どこにいるの!?）

家の周りを見渡すと、遠くに小さな明かりが見えた。二つの影にロゼリアは絶句する。

（ライとジュン！）

彼らのそばに親の姿はない。なぜ二人だけでこんな夜更けに出歩いているのだ。ランプはネロが持って行ってしまっている。燭台では走ればすぐに消えてしまうだろう。

「ああっ！　なんでこんな時に魔法が使えないのよ！」

光魔法があれば、ランプの代わりにできただろう。しかし、そんなことは言っていられない。ロゼリアは小さな明かりの下へ駆け出した。

　ネロは鼻歌を歌いながら、ケインと共に畑の見回りをしていた。そんなネロの様子にケインは呆れた口調で言った。

「ずいぶん、ご機嫌だな？」

「当ったり前だろー？　野菜泥棒を捕まえたら、ようやく蜂蜜にありつけるんだからな。ロゼリアと一緒に食うんだ」

「へいへい。仲睦まじいこった。けど、嫉妬はほどほどにしとけよ？」

「は？　嫉妬ぉ？」

　ネロがぽかんとした顔でケインを見れば、彼は「自覚がなかったのか」と呟いた。

「最近のお前、必要以上にロゼリアさんにべったりじゃん。結構独占欲強いだろ？」

「そんなことねーよ」

「オレがロゼリアさんと喋ってる時、いつもこっちをガン見してるのは知ってんだぞ？」

「…………」

　心当たりがあるのかネロはバツが悪そうに唇を尖らせ、何も答えない。その態度にケインはやれやれと肩をすくめた。

「お前なぁ……自覚がないにせよ、ガン見はよくないぞ」

「だって最近、村の野郎どもがこぞってロゼリアを見てるからさー」

ロゼリアが懸命に働く姿に好感を持ったのか、年の近い男達の視線がロゼリアに集中していた。皆が皆、ロゼリアに声をかけてくるわけではないものの、ネロの目を盗んで近づく男もいるので、ネロは彼らに注意を払っている。

「それにロゼリアを見てると時々こう……ガッと摑みたくなる。分かるか？」

「いや、分かんねぇよ」

鷲摑みする仕草を加えて説明するも、ケインには伝わらず一蹴された。

拗ねた子どものような顔をするネロに、ケインはからかい交じりに言う。

「お前って人懐っこいわりに意外に不器用だよな。感情の伝え方を知らないっていうか、ガキっていうか」

「誰がガキだ。一応、お前よりも年上だからな」

「へいへい、そーでしたね」

ケインが笑いながらネロを適当にあしらった時だった。

「――……あぁあああああああああああああっ⁉」

「⁉」

ネロの言葉を遮るように遠くの方から叫び声が聞こえ、ネロはウキウキ顔で振り返る。

「お、ついに野菜泥棒のおでましか！　若、他のヤツらを呼んでこい！　オレは先に行く！」

「ああ、分かった！」

ネロは声が聞こえた先へ駆け出した。

（そういえば、声が二重に聞こえたような……）

しかし、その疑問をネロは「まあ、いっか！」とあっさり投げ捨てたのだった。


「ねぇ、ライ。本当に大丈夫なの？」

「なんだよ、ジュン。ビビってんのか？」

小さな身体には不釣り合いなランプを持っているライは、自分の背に隠れるようにしてついてくるジュンを小馬鹿にしたように言う。

「お前だって、お化け退治に興味があるだろ？　ちょっと様子を見るくらい大丈夫だって」

最近、野菜を盗むお化けが出ているらしく、毎夜村の男達がお化け退治に出かけている。

二人はその様子を一目見ようとこっそり抜け出してきたのだ。

「で、でも……パパとママはダメだって言ってたし……」

「単純に女と子どもがダメなだけだろ？　お前、身体はデケェのに肝は小さいなぁー」

ライがそう言うと、普段はおっとりしているジュンも、さすがにムッとした表情を浮かべた。

「ち、小さくないよ！」

「バ、バカ！　声がでかい！　しーっ！」

ライがジュンの口を塞いだ時だった。大きな影が二人の前に現れた。それは泥だらけの衣服を纏い、暗闇に光る青い瞳は射抜くようにこちらを見つめている。

「みぃ～つぅ～けぇ～たぁ！」

「ひぃいいいいいいっ！」

二人は思わず悲鳴を上げて抱き合い、ライがランプを落とした。明かりがふっと消え、その影は恐怖で動けなくなった二人の目の前まで来ると大きく息をつく。

「こんな夜更けに何をしてるの？　ライ！　ジュン！」

声量を落として叱りつける声に、二人は聞き覚えがあった。

「も、もしかして……」

「ロ、ロゼリアせんせ……？」

「……そうよ」

次第に暗闇に目が慣れてきた二人は、その人物が泥だらけになったロゼリアだと理解したのだった。

(こんなに走ったのは、盗賊に襲われた時以来かしら……)

手や衣服についた泥を払いながら、ロゼリアは内心でため息をついた。

明かりを持たずに走ってきたロゼリアは、小石や地面の小さな窪みに何度も足を取られた。いつもは身なりに気を遣うロゼリアも今回ばかりはなりふり構っていられなかった。

「一体何をしてるの？　パパとママから夜にお外に出ちゃダメって言われなかった？」

「えーっと、それは……」

言い淀むライに、ジュンが仕方なく、といった風に口を開く。

「ライがお化け退治を見に行こうって……」

「あ、バカ！」

「え、お化け退治？」

二人の言葉にロゼリアがぽかんとしていると、ライとジュンがおずおずと頷いた。

「昨日、パパ達がお化け退治に行ったたって言ってたから、それを見たくて……」

きっと怖いもの見たさや子どもなりの冒険心もあったのだろう。ロゼリアは彼らが野菜泥棒に出くわさずに済んでよかったと安堵の声を漏らした。

「もう……好奇心旺盛なのはいいことだけど、これは褒められません」

「先生、ごめんなさい……」

目に見えて落ち込む二人をロゼリアは優しく抱きしめた。

「でも、無事でよかったわ……さあ、帰りましょう」

「……………先生？」

「ぼく達を怒らないの？」

もっと叱られると思ったのだろう。そんな二人を見て、ロゼリアはくすりと笑う。

「そうね。先生より二人のパパとママがしっかり怒ってくれると思うから、先生は叱らないでおくわ」

「うっ！」

「そ、そんなぁ！」

「ふふふ、帰るわよ」

ロゼリアはライが落としたランプを手に取り、割れていないことを確認する。しかし、あいにく火種になるものを持っていないので明かりはつけられない。

「こんな時に魔法を使えたら便利だったんだけどね……」

魔力はあるのに魔法が使えない自分の不出来さに笑ってしまう。そんなロゼリアを見て、二人は不思議そうな顔をする。

「パパとママが言ってたけど、ロゼリア先生は元貴族で魔力持ちなんでしょ？　ネロみたいに魔法を使えるんじゃないの？」

「一応、勉強もたくさんしたんだけど……まったく使えなかったの。貴族は魔法が使えるのが常識なのに、おかしいでしょう？」

自嘲気味に言うと、ライは首を横に振った。

「そんなことない！」

「……え？」

面食らっているロゼリアにライは言葉を続ける。

「だって、先生は魔法が使えなくても村の大人よりずっと物知りだし！」

「そうだよ！　ネロなんて魔法が使えるのに、ロゼリア先生がいなかった頃は時々しか働かなかったし！」

（ネロへの評価が辛いわ……）

単純にネロは気まぐれで動いていただけだろう。なんだか彼らしいなと思いながら苦笑していると、二人が真剣な顔でロゼリアを見ているのに気付いた。

「だからね、えーっとロゼリア先生……」

二人は言いづらそうに口を開いた。

「その……ロゼリア先生はおかしくないよ」

「そうだよ。すごい人だよ、先生は……」

不器用ながらもロゼリアを慰めてくれようとしたのだろう。まさか子どもに慰めてもらえるとは思わず、ロゼリアは口元をほころばせた。

「ありがとう、二人とも」

ロゼリアがそう言うと、ライとジュンは恥ずかしそうな笑みを浮かべた。

「さあ、迷子にならないように手を繋いで」

ライとジュンと手を繋いだロゼリアは、暗い森の中を歩く。月明かりで目が慣れてきたとはいえ、足元は見えにくい。

「やっぱり明かりが欲しいわね……」

ロゼリアがぼそりと呟くと、ジュンが何気ない口調で訊いてきた。

「先生、魔法ってどうやって使うの？」

「おい！　ロゼリア先生は気にしてるんだぞ！」

憤慨するライにジュンはムッとした表情を浮かべる。

「でも、教えてもらえたら、ぼく達だって使えるかもしれないじゃん！」

「平民は無理！」

「そうね……稀に使える人もいるみたいだけど、難しいかもね」

ロゼリアがそう口にすると、ライが「ほら見ろ」とジュンを見やる。そのやり取りを苦笑しながら見ていたロゼリアは説明する。

「私じゃ説得力がないかもだけど、頭に使いたい魔法をイメージしながら魔力を使うの。呪文はその補助みたいなものかな?」

ロゼリアは辺りを照らす光魔法を思い浮かべる。失敗するだろうが、その一端を見せれば、子ども達も喜ぶだろう。

「こんな感じ。『光よ――』……あれ?」

ロゼリアの指先から蛍のような発光体が飛び出し、周囲を明るくする。それは簡単な光魔法だった。

(せ、成功した⁉ 今になって、なんで⁉)

一応練習を重ねてはいたが、今日の今日まで失敗していたのに。突然の成功に驚いていると、そばにいたライとジュンが歓声を上げた。

「先生、魔法使えるじゃん!」

「すごい!」

「ええ……でも、私も成功したのは初めて……」

だが、そこで森の奥で動く影を見つけ、ロゼリアは咄嗟に二人を背中に隠した。

「そこにいるのは誰⁉」

ロゼリアの言葉に、その影が姿を現した。それも一人ではない。目に見える範囲だけでも五人以上いる。現れたのは遠目からでも分かるような擦り切れた衣服を着た男達だった。手に持っている何かが月明りで反射している。

ゆっくりと近づいてくる相手の気配に、背後にいた二人がロゼリアの服をぎゅっと摑む。

（例の野菜泥棒？　この子達だけでも守らないと……）

ロゼリアは小さく拳を握り、しっかりと前を見据える。

「なんだ、ガキと女じゃねぇか」

そのしゃがれた声にロゼリアは既視感を覚えた。

（ん？　この声……）

男達がはっきりと見える位置まで近づいてきた。

「お、田舎娘のくせになかなかの上玉じゃねぇ……か？」

先頭に立っていた男がロゼリアを見て固まる。そしてロゼリアもその見覚えのある顔に目が点になり、互いに指をさし合った。

「「あぁあああああああああああああああああああっ⁉」」

二人の声が重なり、森中に響き渡る。

「なんで生きてんだ、お前ぇえええええっ⁉」

「それはこっちのセリフよ！　あんな吹っ飛ばされ方してなんで無事なのよ⁉」

そう、彼らはロゼリアを襲ってきた盗賊だったのだ。命を奪おうとしてきた相手の顔を忘れるはずもない。

確か彼らはネロの魔法で空高く投げ飛ばされて、それきりだった。男はあの時のことを思い出したのか、自嘲気味に笑う。

「偶然にも落ちた先が湖でな。十分な水深で命拾いしたぜ……まあ、仲間の中にはまともに水面にぶち当たって死にかけたヤツもいたがな」

「ご愁傷様としか言いようがないわ……というか、まさかここ最近、畑を荒らしていたのは貴方達じゃないでしょうね⁉」

「うるせぇ！　つか、お前こそあの化け物からどうやって逃げ……」

「あれ？　なんでロゼリアがいるんだ？」

聞き覚えのある声がし、皆がそちらに目を向ける。

暗がりでも目立つ白い肌。赤く光る双眸。夜闇に溶け込むような黒髪を持つ青年が現れた。

「ん？　なんだお前ら？」

出会った時の言葉をそのまま口にし、ネロは首を傾げた。

あの日の再現を見た男達から、さっと血の気の引く音が聞こえた気がした。

「に、……逃げろぉぉおおおおおおおおおおおおおおおおおっ！」

恐怖のあまりに誰かがそう叫び、盗賊達はロゼリア達の横を通り抜け、慌てふためき逃げようとした。

しかし、一人の盗賊とロゼリアの目がかち合った。

「ま、待て！　そこの女と子どもを囮に使うんだ」

それを聞いた別の男がロゼリアに手を伸ばした時、見えない何かに弾かれた。

「ひっ」

男が短く悲鳴を漏らすと、その身体が宙に浮く。逃げていったはずの他の男達も宙に浮いた状態で戻ってきた。おそらくネロの力で捕まえられたのだろう。

ネロは「ひー、ふー、みー」と指さしで彼らを数える。

「さーて、若に頼まれた蜂蜜分の仕事はこれでよしとして……」

ネロは盗賊達に無邪気に笑いかけた。

「若が来るまでどーせ暇だし、お前らとたっぷりと遊んでやるよ。そぉーれっ、高い高──いっ！」

ネロは盗賊達を空高く打ち上げた。男達の絶叫が遠く離れていき落下して戻ってくる。

そして、落ちてきてはまた空へ投げられる。寝ていた村人達は盗賊達の絶叫で叩き起こされる事態となり、盗賊達は無事捕縛された。

「よくやった、ネロ」

「おう、若もお疲れ」

ケインとハイタッチするネロを、荷馬車に乗せられた盗賊達は恨めしそうに睨みつけた。

「この、化け物め！　変な魔法でオレ達を弄びやがって！」

そう悪態をついてきた盗賊に向かって、ネロは無邪気な笑みで返す。

「おう！　これに懲りたら二度と来るなよ！」

「頼まれても来るか、こんな村ァァァァア！」

盗賊達のあまりの言い草にロゼリアを含め周囲も笑っていると、彼らは異様なものを見る目を向けてきた。

「お前ら、おかしいだろ！　なんでこんな化け物と和気藹々としてんだ！　そこの女もそうだ！」

鋭い目がロゼリアに向けられ、彼女に抱き着いていたライとジュンがびくりと震えた。

「田舎者のお前らは知らないだろうが、そこの女は王族に危害を加えようとして国を追い出された犯罪者だ！　お前らは騙されてんだよ！　そこの化け物にも、その女にも！」

「なっ……」

ロゼリアは絶句する。

（なんで、アイツらがそのことを……！）

ロゼリアの表情を見た盗賊がにやりと笑った。

「きっとその化け物を使って悪いことを考えているに決まってる！　じゃなきゃ……」

「ロ、ロゼリア先生とネロを悪く言うな！」

ライの甲高い声が盗賊の言葉を遮った。

大人達の目が一斉にライに向けられ、彼は一瞬怯みそうになりながらもさらに口を開く。

「何も知らないくせに！　よそ者が口出すな、ばーか！」

「そ、そうだぞ！　ロゼリア先生も、ネロもいい人なんだ！　このあんぽんたん！」

ジュンまで続き、二人は盗賊に向かって拙い暴言を繰り返す。それを見たケインと村長が顔を見合わせてから頷く。

「犯罪者の戯言だ。気にせず連れてってくれ」

村長の言葉で、村の男が荷馬車を出発させた。

「いやー、大変だったな。ロゼリアさん」

「そうそう、いきなり怒鳴られてびっくりしたろ？」

村の人達からいつも通りに声をかけられ、ロゼリアは目を見張る。ロゼリアが訳アリ娘であることはすでに周知の事実だったとはいえ、彼らは本当に犯罪者の戯言と片付けてしまうのだろうか。しかし、それではいけないとロゼリアは口を開く。

「あ、あの……彼らが言っていたことは本当です」

しんと静まり返った周囲に、ロゼリアは勇気を振り絞って声を出す。

「ただ、私は危害を加えようと思っていたわけではなく、王族相手に魔力を暴発させてしまったんです。それで、国王陛下に国から出て行くよう命じられました。犯罪者と言われても……おかしくありません」

この村で過ごす時間が穏やかで、自分の境遇を忘れていた。あえて黙っていたのも村の人達をだますような行為だったと思う。なりゆきでお世話になってしまっていたけれど、これ以上この村に迷惑をかけるわけにはいかない。

「黙っていて申し訳ありませんでした……その……すぐに村を出て行きます」

ロゼリアが頭を下げると、「顔を上げな」と村長が言った。

なんとも言えぬ顔で頭を掻いていた村長は、ネロに目を向けた。

「なぁ、ネロ。ロゼリアさんのことは大事か？」

「当たり前じゃん。ロゼリアはオレが拾ったし、拾ったものは大事にするからな！」

にかーっと無邪気に笑うネロに、村長も隣にいたケインも困ったように笑う。

「そのお前さんの大事な彼女が、村を出て行く必要がないのに自分から出て行くって言ってるぞ？　どうする？」

「あ？　出て行く必要がねぇんだから、出て行かなくていいだろ？」

「ちょ、ネロ⁉　さっきの話聞いてた⁉　私が村にいたら、またみんなに迷惑かけるわよ！」

「ん？　お前、なんか迷惑かけたのか？　なぁ、村長？　若？」

ネロが村長とケインに目を向けると、彼らは笑顔で首を横に振った。

「いやー、全然？　ケインはどう思う？」

「はた迷惑な野菜泥棒はいたけど、ロゼリアさんは関係ないよな、親父？」

（えぇぇぇぇぇぇぇぇぇぇぇぇぇぇぇぇぇっ⁉）

周囲の村の人達も「そうそう」と頷いているのが、ロゼリアには信じられなかった。

「じゃ、ロゼリアさんが出て行く必要はないってことで」

そのまま解散と言い出さんばかりのケインの口調に、ロゼリアは思わず声を上げた。

「え、ちょっ⁉　どうしてそうなるの⁉」

「ロゼリアさんの人となりを見ていれば、悪い人じゃないって分かるさ。それに、ロゼリアさんはネロに大事にされてるからね」

ネロに大事にされている。なぜそれが理由になるのだろうか。ロゼリアの表情から彼女が疑問に思っていることを察したのか、ケインは苦笑しながら言った。

「ロゼリアさん、オレ達はネロに命を拾われてるんだよ」

「拾われた……？」

「そう。三か月ほど前までここら一帯は瘴気がひどくて。作物は育たないわ、病は流行るわで大変だったんだ。領主にも助けを求めたんだけど、瘴気に近づきたくないからってオレ達の話を聞くどころか、街にすら入れてもらえなかった」

王都の外に住むこの国の人間は、常に瘴気の脅威に怯えている。瘴気が発生した地域の村が切り捨てられることも珍しくはないと聞いていたが、まさかこの村もそうだったなんて。

「もしかして、若がネロに拾われたのって……」

「そう、村に帰る途中で瘴気のせいでぶっ倒れてさ。その時にコイツに拾われたんだ。『ここでお前が腐ると迷惑だから拾ってやる。今日からお前はオレのものだ』ってさ」

相変わらずの言い草にロゼリアがネロを見ると、「だって本当のことじゃん」とネロは唇を尖らせていた。そんな彼の様子に笑いながらもケインは話を続ける。

「ネロがオレを村まで送り届けたら、あら不思議。オレはなぜか元気になってるし、村の病もたちまち終息。そのままネロが村に居つくようになったら、数日後には瘴気が消えた。おまけにずっと育たなかった野菜も急に採れるようになって食糧問題も解決。明らかにおかしい状況だったから、ネロに聞いたよ。『お前、村になんかしたのか』って。そしたら……」

ネロは何食わぬ顔でこう言ったという。

『ついでに村を綺麗にしただけで、大したことはしてねぇけど?』

『ついでに……？』

『おう。むしろ、なんか不都合でもあるのか？』

この時ケインは改めてネロの異質さを実感したらしい。しかし、あまりにも淡々とした口調と首を傾げて答えたネロに、ケインは脱力感を覚えた。

『あのな……普通の人間は見返りのないことはあまりしないいんだよ。オレ達は一体どうやってお前に恩を返したらいいんだ？』

ネロからしてみれば、ケインを拾ったのも、その流れで村を救ったのも一時の気まぐれだったのかもしれない。それでも救われた事実は変わらないし、彼が得体の知れない存在だったとしても、感謝しかないだろう。しかし……。

『恩？　いらんわ、そんなもん』

ネロはそう一蹴すると、ケインの胸を小突いた。

『オレは拾ったものを大事にする主義なんだ。だから拾ったお前もこの村も大事にするのは当然。お前はオレが拾った命なんだから、恩なんて気にしないで、自分を大事にすりゃそれでいいんだよ』

「だから、ネロが大事にしているものを、オレ達も大事にしようって決めたんだ。それに、野菜泥棒が言ってた罪ってのは、もう処遇が決まってるんだろ？　国を出ることだっけ？」

「ええ」

　ロゼリアがおずおずと頷くと、ケインは言った。

「うちは国境付近の村とも交流があったんだけど、まだあの辺は瘴気だらけなんだ。だから、瘴気がなくなるまでこの村にいてもいいんじゃないか？　瘴気がある以上、どうせ追手なんてこねぇよ。なぁ、親父？」

　深く頷く村長を見て、ケインはにっと笑う。

「ロゼリアさんの気持ちがどうであれ。この村はロゼリアさんを歓迎するよ。オレ達の持ち主が大事にしてる命で、仲間だからね」

　ロゼリアはケインの言葉に目を見張り、答えを求めるように隣にいたネロを見上げた。

「お前はこの村が嫌になったのか？」

　ネロの問いにロゼリアは首を横に振る。

　正直、こんなに自分を想ってくれる人がたくさんできたのは初めてだった。まるで家族と穏やかな時間を過ごしているような、そんな居心地のよさがあった。

「なら、出て行く必要なんてないだろ。少なくとも村のヤツらも反対してないし、また何かあったらオレがどうにかしてやる。どうしても出て行きたいって言うなら、オレがついて行ってやるよ。お前はオレのものだし、お前がいないと困る。お前の居場所は、オレの居場所だ」

そう言ってロゼリアの頭を撫でたネロの赤い瞳が、驚いたように大きく見開いた。

ロゼリアの頬を伝って何かが零れ落ちる。それはとめどなく流れ、ロゼリアはようやくそれが自身の涙であることに気付く。

「ネロ……私、この村にいたい……ネロと、みんなと一緒にいたい……」

「……………それは、オレだけに伝える言葉じゃねぇだろ」

袖でロゼリアの頬を拭いながら言うネロに、ロゼリアは頷いた。

「……………これからもこの村に、いさせてください」

ロゼリアが村の人達に向かって頭を下げると、皆がほっと息をついたのが分かった。

「おう、気が済むまでいてくれ！」

村長の一声と共に村人達の「よかったね」という声が聞こえ、また涙が出そうになる。

不意に頭をぽんぽんと叩かれ、ロゼリアが顔を上げるとネロはにっと笑って八重歯を覗かせた。

「さーて、なげぇ話は済んだみてぇだし！　村長、もう解散でいいよな⁉　いいよな⁉」

しんみりとした空気を払拭するように、段違いに明るいネロの声が周りを和ませた。

「よしお前ら！　ワシらの持ち主がそう言っているから解散だー！」

村長の号令により、集まっていた村人達は各々家へ帰っていく。ロゼリア達も帰ろうとすると、ケインがネロを呼び止めた。

「ほい、ネロ。報酬の蜂蜜だ」

「おおーっ！　蜂蜜！」

念願の蜂蜜を渡されたネロは、すぐさまロゼリアにその小さな瓶を見せつける。

「ロゼリア、見ろ！　蜂蜜だ！　最初はパンに塗るか⁉　それともホットミルクに入れるか⁉　そのまま食うのはさすがに贅沢過ぎるか⁉」

「なんで貴方、そんなに蜂蜜に飢えてるのよ？」

「お前は普段から食ってたかもしれねぇけど、オレは超がつくほど久しぶりなんだよ！」

もしかしたら、封印される前から好きだったのかもしれない。それならもう嬉しくて仕方がないだろう。子どものような無邪気さにロゼリアは笑ってしまった。

「じゃあ、私達も帰りましょうか」

「おう。じゃあな、若」

上機嫌なネロにケインも笑い、「また明日」と手を振って帰っていった。

「そういえばお前、泥だらけだな。どうしたんだよ、それ」

今さら気付いたらしいネロが、しげしげとロゼリアの格好を見つめた。

「ライとジュンを追いかけてる途中に何度も転んで、この有様よ」

「なんつーか、大変だったんだな。帰ったら風呂に入るか？」

「ええ、そうするわ……」

肉体的にも精神的にも疲労感が凄まじい。どっと疲れが出て、身体が重い。まだ朝が来るまで時間があるので身体をすっきりさせて寝てしまいたい。

深いため息をついた時、ネロの少しひんやりとした手がロゼリアの手を包み込んだ。

「手、汚れるわよ？」

「構わねぇよ」

彼の手から温かいものが流れてくる。疲労感がなくなって、重たかった身体が軽くなる。彼の赤い瞳と目が合うと、やんわりと微笑まれた。

なぜかロゼリアの頬が熱を帯びていく。きっとこれは彼の力のせいに違いない。

「あ、ありがとう……」

「どういたしまして」

ネロはそう言うと、手を繋いだままご機嫌に鼻歌を歌って歩き出す。そんな彼の様子を見ていると、意識している自分がバカらしくなってきた。ロゼリアは内心でため息をつき、バレないようにこっそりとネロに目をやる。

（この暮らしがあるのは、ネロのおかげなのよね……）

この村にとって彼の存在はあまりにも大きい。彼に恩を感じているからこそ、同じく拾われたロゼリアを村の人達は受け入れてくれた。

（でも、ネロが私を大事にしてくれるのは魔力が必要だから……）

そう思うと、どこか悲しくなる。

「ねぇ、ネロ」

「ん？　どうした？」

「もし、ネロに私の魔力が必要なくなったとするじゃない？　そうなると、やっぱり私はいらなくなる？」

元々彼は強い力を秘めた存在だ。本来の能力が使えるようになれば、ロゼリアは必要なくなるだろう。そうなると、自分は捨てられるのだろうか。また自分の居場所がなくなってしまうのだろうか。そんな不安が押し寄せ、ネロの手を握る指に力が込もる。

ネロは怪訝な顔をして立ち止まる。

「拾ったんだから、最後まで面倒見てやるって言ったろ？」

「でも、魔力が必要だから私を拾ったんでしょ？」

「そりゃ、そうだけど。なんていうか……手放すのは惜しいというか……」

「私を？　なんで？」

「あー……なんて言うか……気に入ってる？　そう、気に入ってる！」

「え、どこが？」

正直、魔力以外でネロに気に入られる要素がない。そう思って訊くと、ネロは握っていた手を放し、指折りしながら考え始めた。

「まず、すぐ騒ぐところはめっちゃ賑やかで見てて楽しいだろ。それからすぐ力尽きてどこでも寝られるところ。つついても起きねぇし寝顔が面白れぇし……」

「まって！　醜態のオンパレードじゃないの！　気に入る要素が分からない！」

「そういうところが、一緒にいて楽しいんだ」

ロゼリアは目を見開いた。

「お前の魔力が必要なくなろうが、お前が魔力で家を吹き飛ばそうが、お前がいるだけで毎日が退屈しない。だから……やっぱりお前を拾ってよかったわ」

それはネロにとって何気ない言葉だったかもしれない。だが、ロゼリアの胸の中にあった不安を払うには十分なものだった。

「あ、髪に葉っぱもついてるじゃん。何したらこうなるんだよ」

笑いながらネロは、ロゼリアの髪についた木の葉を取り除くと、ふと手を止める。

「ロゼリア、なんで笑ってるんだ？」

どうやら、無意識に笑っていたらしい。ロゼリアは思わず手で顔を隠そうとしたが、自分の感情を否定しているような気がして、その手を引っ込めた。

「……私も、貴方に拾われてよかったって思っただけよ」

自分にとって魔力は厄介なものだった。魔法が使えない上に暴発させてばかりで、自分の努力ではどうしようもないもの。

それを含めて自分の存在を認めてくれるネロの言葉が、どうしようもなく嬉しかった。

ネロを見上げると、彼は赤い瞳を何度か瞬かせた後、手元の蜂蜜とロゼリアを交互に見つめる。

「どうしたの？」

「いや……その……」

彼は困ったように赤い瞳を逸らして、頬を掻いた。

「なんでオレ、蜂蜜なんて持ってんだろうって」

「あれだけ欲しがってたのに、急にどうしちゃったのよ？」

「なんか、こう……これが手にあると邪魔だなーって」

「持っててあげようか？」

「ああー……頼むわ」

蜂蜜を受け取ると、そのままネロに引き寄せられ、ロゼリアは彼の腕の中にすっぽりと収まってしまった。

「っ⁉」

突然の行動に声を出すこともできないでいると、彼はロゼリアの背中をぽんぽんと優し

く叩く。それが何かを訴えているようにも感じ、ロゼリアはどうにか声を絞り出した。

「ね、ねろ？　ど、どうしたの……？」

「あー、なんだろうな……お前をもっと手近なところに置きたいなーと思って」

「い、今までも十分近くにいたと思うけど……？」

「そうじゃなくて、もっとこう………もういいわ」

説明を諦めたネロは、ぽすっと自分の頭をロゼリアの肩にうずめた。まるで拗ねた子どものような仕草にロゼリアは気が抜けて笑みが零れてしまう。

「ネロ～、離れなさーい」

「……やだ」

「あのねぇ……」

ロゼリアを抱きしめる腕は振りほどけない強さではないものの、不思議と嫌ではない。ロゼリアが身を預けるように力を抜くと、なぜかネロの腕がびくりと震え、彼はそっと腕を回し直した。

言いようのない安心感に包まれたロゼリアは、ふとゲームでの彼のエンディングを思い出す。

ネロの結末は大きく分けて二つあった。

一つはヒロインが暴れるネロの説得を試みるも、最後には討伐することを選ぶバッドエンド。もう一つは、浄化の力で穏やかになったネロと心を通わせたヒロインが、再び彼を封印することを決意し、安らかな眠りを与えるトゥルーエンドである。

二人の会話に明確な愛を示す言葉はなく、またメリーバッドエンドとも取れる結末。何より、彼には人と歩む未来は用意されていない。

初めこそロゼリアは、周囲がネロを聖竜だと認知しなくても、ただ国の存続の為にいてもらえばいいと思っていた。しかし、今は違う。

自分の居場所を与えてくれた彼と共にいたいと強く思った。この感情が何かと問われると分からない。ただ、シナリオ通りの結末を迎える彼を見たくなかった。

（ネロを封印なんてさせない……絶対にネロの未来を変えるのよ！）

五章 捨てられ悪役令嬢、邪神と本編に介入する。

ようやく帰宅した二人はそれぞれ入浴を済ませ、ロゼリアはネロが用意した蜂蜜入りのホットミルクを口にする。

蜂蜜入りのものは実家でも飲んだことがあったが、その時のものより美味しく感じた。じんわりと染みる甘さにほっと息をついたロゼリアは、ゲームのシナリオについて考える。

（ネロの未来を変えるって決意したはいいものの……どうしたらいいかしら？　ネロの協力はもちろん必要だし。思い切ってネロに前世の話をしてみる？）

「あー……うまー」

ロゼリアがネロに目をやると、彼はご満悦な様子でミルクを飲んでいた。

なんだかネロが愛らしく見える。ロゼリアの視線に気付いたネロが怪訝な顔をした。

「なんだよ？」

「ネロを見てるとなんか和むなーって思ったのよ」

「……どういうことだ、それ？」

「なんていうか、聖竜ってこう、厳かで人を寄せ付けないものだと思ってたのよ。邪神にしたって恐ろしい印象があったし……」

ネロが首を傾げているのを見て、ロゼリアはもっと噛み砕いた言葉を探す。

「要は、人間と一緒にいるネロを見るのが好きってことよ」

「ふーん。変わってんな、お前」

ネロはカップを揺らして蜂蜜を混ぜながら、思い出したように顔を上げた。

「……言われてみりゃ、こんなに長く人里にいるのは初めてかもな……昔は人間を鬱陶しく思ってたし」

「じゃあ、どうして人と交流するようになったのよ？」

「あー、なんだっけなー？　きっかけはあったと思うけど？」

「もしかして、聖竜姫のおかげとか？　彼女は貴方の寵姫、なんでしょ？」

ゲームは、ヒロインとネロが恋仲で終わる物語ではない。しかし、この世界の中でなら、過去に聖竜姫と恋に落ちていた可能性も考えられた。胸の内でもやっとした感情が渦巻くも、ロゼリアは聞いてみる。

「聖竜姫の愛が、ネロの考えを変えたとか？」

「いや、そんな甘い関係じゃねぇって」

「え……そ、そうなの？　じゃあ、聖竜姫はなんの為に存在したのよ？」

この国の伝説上では、聖竜の寵愛をもってその加護を受けたとされている。もし二人の間に愛がなければ、なぜ聖竜は彼女をそばに置いて加護を与えていたのか。

「聖竜姫はいわばオレの眷属だよ。人間との交流が煩わしくてさ。たまたま身寄りのない人間がすぐそこにいたから『オレの名代として人里に行ってこい』って送りつけてたんだ」

「そんなおつかい感覚で……じゃあ、寵姫って？」

「何度も使いをやってるうちに人間が勝手にそう呼び始めたんだよ。聖竜のそばに唯一侍ることを許されたお姫様ってな」

ネロは「人間って思い込みが激しいよな」とぼやいていたが、人を遠ざけていた聖竜が特定の少女に使いを頼んでいれば、勘違いされるのも無理はないだろう。

「仲は悪くなかったんでしょ？」

「まあな。ビアンカって言ってな。アイツの生活習慣に合わせてたら、料理も風呂も好きになったって感じ」

「へー、どんな人だったの？」

「あー……破天荒が服を着たような女だったな。オレと出会う前にどっかで頭を打ったらしくて記憶喪失だったんだ。後から身内が迎えに来て、良家のお嬢様だったのが分かったんだけど、記憶が戻らなかったのもあって、本人は最後まで否定してたな」

しみじみと言いながら、ネロはホットミルクを口にした。

「正直、今も人選を間違えたと思ってる。けど、当時はオレの眷属を勝手に名乗る不届きなヤツもいて、あんなのでも本物の眷属が必要だったんだ」

ネロにそこまで言わせてしまうとは、一体どんな人物だったのだろう。ロゼリアは少しぬるくなったミルクをスプーンでかき混ぜ、口に運んだ。

「そう……でも、聖竜の眷属を勝手に名乗るなんて、肝の太い人間もいるものね」

「たまーにいるんだよ。強い浄化の力を持って生まれる人間が。しかも、それを聖竜の加護だって勘違いするヤツ」

「ごふっ！」

「うおっ⁉　お前大丈夫か⁉」

勢いよくむせ返ったロゼリアにネロが慌てて手拭いを渡す。ロゼリアがそれを口元にあてて咳き込んでいると、ネロが背中を擦ってくれた。

「だ、大丈夫……っ！　ちょっと変なところに入っただけ」

そう言いながらも、ロゼリアの頭の中は今、パニックになっていた。

聞き捨てならないセリフを聞いた気がする。

「勘違い…………？」

「そう。『生命の息吹』って人間にも影響が出るっていう話はしなかったか？」

りする」
「『生命の息吹』は流れる量も、流れる方向も一定じゃない。だけど、力が集中する場所が時々生まれるんだ。そういうところは植物が急成長したり、作物がめちゃくちゃ採れたりする」

ロゼリアが被せ気味に答えると、ネロは少し考えてから口を開く。

「全然聞いてないわ！」

局所的な植物の急成長。ロゼリアは思い当たるものがある。

「この村の畑は……？」

「それは、オレが力任せに浄化した時の副産物。秋になる頃には元の環境に戻ると思う。『生命の息吹』の力が集まる場所はこの村の比じゃないぞ？」

ネロは「話が逸れたな」と言って、さらに続けた。

「稀に『生命の息吹』の影響を受けて、強い浄化の力を持って生まれてくる人間がいる。そういう人間がオレの加護を受けて生まれたと勘違いしたんだよ。おまけに適当な痣を『聖痕』って主張するヤツとかも現れるしよ。あの時は本当に参ったわ！」

ネロは大笑いしているが、ロゼリアは冷や汗が止まらなかった。あの夜会の日のことを思い出して、今にも叫び出したい気持ちでいっぱいだ。

「だから強い浄化の力を持っているヤツは見つけ次第全員……って、ロゼリア？　顔色が悪いけど、どうした？」

「いえ………その……」

ネロが心配してくれているが、ロゼリアはそれどころではない。

（え、嘘。まさかヒロイン――アイラって……）

ロゼリアは静かに息を呑んだ後、意を決して聞いてみた。

「ねぇ、ネロ……貴方の聖痕ってどんな形なの？」

恐る恐る問いかけるロゼリアに、ネロはすっぱり答えた。

「白銀の竜だけど？」

「なぜですか、陛下！」
王宮の一室にある国王の執務室で、若い男の声が響く。その声の主は、この国の第一王子、レオンハルトのものだった。晴れて恋人となったアイラを連れてやってきたレオンハルトは、整った顔立ちを歪め、執務机に座る父王を睨みつけた。
「なぜアイラが婚約者として認められないのですか！　陛下は彼女がこの国にとって重要な人間だと分かっているはずです！」
レオンハルトは以前からロゼリアではなく、アイラを婚約者に据えるよう父王に進言してきた。

アイラは強い浄化の力を持ち、邪神を封印した伝説の聖竜姫の再来とも噂されるほどの特別な存在だ。聖竜の加護を得た者を王族に迎え入れれば、国民の支持を得られたも同然。しかし、どんなにレオンハルトが訴えても父王は首を縦に振らず、あろうことかロゼリアの機嫌を損ねないようにと言うばかりだった。ロゼリアに国外追放の命を下した後も、父王はアイラを認めようとはしなかった。

おまけに本来なら反逆罪で処刑されてもいいはずが、ロゼリアは身分剝奪と国外追放という中途半端な処分になっている。

レオンハルトには目もくれず書類に向き合っていた父王は、長いため息を零した後、持っていたペンを置く。レオンハルトに向けられた顔は父ではなく、一国の王だった。

「確かに、瘴気を完全に浄化できるという点では一目置いているつもりだ。しかし、それだけだろう？」

「それだけ……っ⁉」

「王妃に必要なのは、それに見合った血筋、教養。その娘はどれ一つとして持っていない。それどころか学院では揉め事ばかりを起こしていたと聞く。そのような者に王妃が務まるとは思えん」

落ち着いた低い声でそう告げると、父王はレオンハルトの隣に控えていたアイラを一瞥する。委縮して俯くアイラを見て父王は鼻で笑った。

「何をもって彼女がロゼリア嬢の代わりになると思ったのだ？」

「彼女にはロゼリアにはない浄化の力があります。教養はこれから身につければいい。彼女の後見人が必要というなら、いくらでも申し出る貴族はいるはずです」

「これから教養を身につける？　馬鹿も休み休み言え。基本も知らない娘と幼い頃から教育を受けてきた娘では雲泥の差がある。しかも彼女の後見人だと？　まずはお前の後見人はどうした？　ロゼリア嬢の父、アノニマス公爵はお前の後見人だったのだぞ！」

ロゼリアが婚約破棄された今、レオンハルトの後見の座は空席となってしまっている。

ロゼリアを排した後、レオンハルトは宰相に後見人を頼むつもりだった。宰相の息子も「大丈夫だ」と太鼓判を押していたというのに、いざ掛け合ってみれば、父王の許可なく決めることはできないと断られてしまったのだ。信頼できる貴族に話を持ちかけても答えは皆同じ。代わりに寄ってくるのはきなくさい貴族ばかりだ。

「アノニマス公爵はアルフォード公爵と懇意の仲だ。ロゼリア嬢を婚約者に据えることで、あの口うるさい家を黙らせていたというのに！」

アルフォード公爵家は、ロゼリアの実家であるアノニマス公爵家に並ぶ二大公爵家の一つ。レオンハルトの母である王妃の実家で政治上の発言力も強く、王家も無下にできない相手だ。

議会ではこのアルフォード家を諫めるのが、アノニマス家の役割だった。おまけにロゼリアを婚約者にと後押ししたのはアルフォード公爵だったらしい。レオンハルトはそういったロゼリアとの婚約の意図を、婚約破棄するまで知らなかったのだ。

「二大公爵家の娘といえど、王族を傷つけるような行いをした手前、処罰は免れん。しかし、次の後見人探しは難儀するだろう。少しでも頭が回る貴族ならば、母親の実家に泥を塗るような愚か者の後見人になどなりたがらんからな。それこそ、王命でなければ！」

「し、しかし、アイラは聖竜の加護を得ています。聖竜がいれば後見人なんて……」

「いい加減にしろ、レオンハルト。肝心のその聖竜はどこにいるというのだ！」

「！」

聖竜は二百年もの間、人前に姿を現していない。なぜ聖竜が現れないのか、その理由は定かではないが、おかげでこの国はずっと瘴気に悩まされている。

聖竜は実在したと記録も証拠も残っているが、姿が見えない以上、民衆の間では伝説上の存在になりつつあった。

「本当に彼女が聖竜姫であるなら、聖竜に会ったことがあるはずだ。どうなんだ？」

厳しい目がアイラに向けられる。彼女が答えられずに震えているのを見て、「ほら見ろ」と言わんばかりに父王はレオンハルトに視線を戻した。

「かつて聖痕を偽り、聖竜の怒りを買った者がいたという記録もあるくらいだ。その娘の聖痕とやらも本物かどうか怪しいものだな。もうこちらから話すことはない。下がりなさい」

「…………失礼いたします」

レオンハルトは頭を下げ、アイラを連れて退室する。

なかなか思い通りに事が進まない。ロゼリアを婚約者の座から引きずり下ろしたところまでは順調だったはずなのに。

(クソ！　詰めが甘かったか！)

「レオンハルト様」

呼び声と共に袖を引かれたレオンハルトは、後ろを歩くアイラへ目を向ける。

「申し訳ございません……その、私が聖竜姫だと証明できないせいで、レオンハルト様のお立場が悪く……」

「大丈夫だ。アイラは聖竜姫なんだ。何も謝ることはない」

「……はい。私、陛下に認めていただけるよう頑張ります」

ドレスを握りしめ、そう言葉にする彼女の健気さが愛おしくなる。レオンハルトが彼女を抱きしめれば、細い腕が己の背中に回された。

(アイラは必ず私の伴侶にする……いずれにせよ、ロゼリアはすでに死んでいるはず……)

彼女を国外まで運ぶ手筈はこちらで整えた。御者には金を積み、国外へ向かう振りをして瘴気の濃い地域へロゼリアを運ぶように命じてある。さらに盗賊を雇い、頃合いを見て止めを刺すようにとも。たとえ暗殺が失敗しても、彼女は瘴気の中へ迷い込み、いずれ死ぬだろう。

しかし、一向に依頼完了の報告が上がってこないのが気がかりだ。逆にロゼリアに金を積まれて盗賊達が裏切った可能性も考えられる。

(まあいい。それよりも、問題はアイラだ)

聖竜が現れない以上、彼女の立場はあやふやなままだ。

レオンハルトは馬車でアイラを家まで送り、自室に戻ると従者から報告を受けた。

「殿下、アイラ様と向かう慰問の地域の件ですが……」

「何かあったのか？」

「どうやら、大規模な瘴気の消失が確認されたようです」

「何？　あそこは簡単に瘴気が消えるような場所ではないだろう？」

瘴気が自然消失することは稀にある。しかし、濃い瘴気は長い間留まり続けるのだ。レオンハルトはアイラの名声を高める為に、わざわざ瘴気の濃い地域を慰問先に選んだ。

それなのに、消えた……？

「その上、荒廃していた森が全て元通りになっていたようです。しかもかなりの広範囲で」

「なんだって……？」

アイラは強い浄化の力を持つが、荒れた土地を再生させるほどの力は持っていない。

（アイラを超える浄化の力を持つ者が他に？　いや、広範囲にそんなことができる存在など……）

レオンハルトはハッと目を見開き、従者に伝えた。

「慰問の場所は変更しない。ただし予定を早めろ、今すぐにだ」

野菜泥棒もとい、盗賊達を捕まえて数日が経った。

聖竜姫について新たな事実を知ったロゼリアは、ケイン宅の畑で草むしりをしていた。

（アイラは聖竜姫じゃない……？）

彼女の聖痕は黒い竜。聖竜であるネロが聖痕の形状を否定した今、ロゼリアはアイラの存在を口にはできなかった。おまけにネロは、浄化の力を持つ人間を見つけ次第……なんと言いかけたのだろう。

真っ先にロゼリアの脳裏に浮かんだのは、殺意にまみれたゲーム内のネロの姿。

（ゲームのネロは人間が勝手に眷属を名乗ったから怒ってたの？　そんな風には見えなかったけど？）

ネロの攻略は最終章からになるので、彼の過去をそれほど掘り下げられてはいなかった。真実は前世の製作スタッフのみぞ知るといったところだろう。

（やっぱり、ヒロインとの邂逅は回避すべきよね……）

しかし、ネロが生き残る為には、聖竜として彼の存在を国に周知すべきだとロゼリアは考えている。そうなれば、ヒロインとの出会いは不可避。

（どうしたものかしら……）

「ロゼリアさん」

じっと地面を見つめていたロゼリアが顔を上げると、ケインが心配した顔をこちらに向けていた。

「大丈夫？　すごく思い悩んだ顔してるけど？」

「え、そう？　でも大丈夫、なんでもないわ」

そんなに顔に出ていたのか。変に心配させないように笑顔を作ってみせるも、ケインはさらに困った顔をする。

「もしネロのこととかで悩んでるなら言ってくれ。オレがガツンと叱ってやるから」

そう言って頼もしく胸を叩くケインに、ロゼリアは苦笑する。

「その時はお願いするわ。そういえば……」

ロゼリアはふと浮かんだ疑問を口にしようとして、思わず躊躇(ためら)った。

(この村の人達って、ネロの正体をなんだと思ってるのかしら……？)

ネロは神だ。聖竜であり、邪神でもある。それを今伝えて混乱を招かないだろうか。

ロゼリアが口を開閉させているのを見て、ケインが困惑(こんわく)した表情を浮かべた。

「何？　そんなに言いづらいこと？」

「いや……その……村の人達ってネロが人間じゃないって気付いているのよね？」

そう聞くと、ケインは「なんだそんなことか」と安堵(あんど)の声を漏(も)らした。

「分かってるも何も、あんな常識はずれな力を持った人間がいるわけないだろ？　最初からネロを人間だとは思ってないよ。ネロも隠(かく)してるように見えないし」

ネロは村の流行(はや)り病も、食糧(しょくりょう)問題も全て解決させた男だ。それが人間業(にんげんわざ)でないことは一目瞭然(いちもくりょうぜん)である。

「若(ワカ)は……ネロが何者か分かってる？」

「いや、まったく。村の爺婆(じじばば)は聖竜じゃねぇかって言ってるけど、とてもそうは見えないんだよなぁー……」

「あー……」

彼の言いたいことは分かる。あの人懐(ひとなつ)っこい性格と真っ黒な見た目では、神聖な聖竜のイメージとかけ離れている。ロゼリアも前世の記憶がなければ、聖竜どころか邪神と名乗られても信じなかっただろう。

　ケインは頭をがりがり掻いて言った。

「アイツ、村を窮地から救ってくれただろ？　それを感謝したり敬ったりするとすげぇ嫌な顔をするけど、普通の人同様に接するとすげぇ喜ぶんだ。だから、村の連中はネロの正体がなんであれ、『ネロはネロ』っていう扱いにしてるんだよ」

　どうやら、本人の知らないところで村人達にちゃんと受け入れられていたようだ。

「そういえば、今日はネロと一緒じゃなかったよな？　アイツ、どうしたの？」

「さあ？　なんか、今日は用事があるって言ってたけど……」

　ふらっとどこかに行く癖があると前にケインがぼやいていたが、さすがに勝手に村の外へは出かけないはずだ。野菜泥棒が捕まったので常にロゼリアのそばにいる必要がなくなったとはいえ、急にいなくなると寂しい気もする。そんなロゼリアの心情を察したのか、ケインが声を明るくして言った。

「まあ、ネロは便利屋みたいなところあるからさ。気まぐれにどっかの家で頼まれ事の対応でもしてんじゃないの？」

「そうかしら？」

「そうだよ。この村で魔法を使える人間って貴重だしさ。ロゼリアさんだって知ってるだろ？」

「まあ、そうね……」

村人達はネロが使う力を魔法だと勘違いしている。堂々と瘴気を使って雑草を根絶やしにしているのを見た時は、ロゼリアも度肝を抜かれたものだ。

「そういえば、ロゼリアさんも魔法が使えるようになったんだよな？　うちのお袋が感動してたぞ」

「あはははは……あそこまで喜ばれるとは思わなかったわ」

思わず空笑いが出てしまう。

先日の騒動の際にどさくさに紛れて成功してから、ロゼリアは安定して魔法が使えるようになった。公爵令嬢時代、座学は優秀な方だった。それに加え、当時『なんでもいいから使えるようになれ』と躍起になっていたこともあり、頭に叩き込んでいた魔法は全て使えるようになっていた。生活で役に立ちそうなものもあったので、村の奥様方から重宝され、お手伝いに呼ばれている。

ただ、嬉しい反面、若干の戸惑いもあった。

（なんで急に使えるようになったのかしら？）

ロゼリアは自然に零れたため息にハッとする。それを見ていたケインは、ロゼリアが集めた雑草をひとまとめに籠へ入れた。

「ここ数日、色んな家の手伝いで引っ張りだこだったし、今日はもういいから先に戻りなよ」

「ありがとう……そうするわ」

しゃがんでいたロゼリアが立ち上がった時、後ろから誰かに声をかけられた。

「ロ、ロゼリアさん！」

ロゼリアが振り返ると、自分とそう歳の変わらない青年が近くにやってきていた。ざんばら髪にそばかす面の青年は、何度か顔を合わせた記憶がある。

「えーっと、ネビルさんでしたっけ？」

「あ……オレの名前……！」

「以前、洗濯を手伝ってくれましたよね？」

あの日以降もたびたび手伝いに来てくれたようだが、ネロが勝手に断っていたのだ。

「何か御用ですか？」

ロゼリアがそう問いかけるも、彼はなぜかケインをちらちらと見ている。

「えーっと、その……実は！　ロゼリアさんに見せたいものが……」

そう言ってネビルが後ろに回していた手を前に出そうとした時だった。

「おい」

「ひょえっ⁉」

間抜けな声を上げてネビルが振り返る。

「あら、ネロ」

いつの間にかネビルの後ろにネロが立っていた。しかし、ネロの顔はどこか不機嫌そうだ。ケインはネロの存在に気付いていたのか、特に驚いた素振りを見せず、ネロに声をかける。

「どこ行ってたんだ？」

「あー、ライのばあちゃん家」

ネロはそう言うと、じっとネビルを見つめる。赤い瞳と目が合ったネビルが、肩を震わせたのがロゼリアにも分かった。

「オレのロゼリアに何か用か？」

「え、えーっと、オレ……その……」

ネビルが視線を彷徨わせながら少しずつ後退すると、ネロがじりじりと距離を詰めていく。

「なんでもない！　オレ、用事を思い出した！　じゃあな、ネロ！」

逃げるように去っていくネビルの背を見つめた後、ロゼリアは首を傾げた。

「なんだったの？」

「さあ、知らね」

ネロはつんと顔を逸らし、ケインだけが「かわいそうに……」と呟いていた。

「……ロゼリア、これやる」

ネロが差し出してきたのは、甘い香りのする白い花束だった。ロゼリアはこの匂いを知っている。

「これ、カモミール？」

「おう。ライのばあちゃんが育ててんだ。なんか最近のお前、ずっと変な顔してたからさ。やるよ」

「ネロ……っ！」

それを聞いてロゼリアは素直に驚いた。まさかネロに気遣われる日が来るなんて思いもしなかったのだ。ロゼリアはもらった花束を抱きしめた。

「ありがとう、大事にするわね」

甘い匂いが胸いっぱいに広がり、ほっとする。一部は飾って、残りはサシェを作ろうかと考えていると、ネロがケインに言った。

「若、明日オレ、村の外に出てくるわ」

「お、久々に遠出か？　土産にイノシシとか獲ってきてくれよ」

「獲ってくるのは構わねぇけど、血抜きはお前がやれよ？」

ケインはすぐさま呆れた口調で返す。

「お前、いい加減、血抜きとか解体の仕方覚えろよ？　オレが教えてやるからさ」

「やだよ。血って汚ねぇし、オレは肉いらねぇもん」

「相変わらず、変なところで潔癖だな。それにお前はいらなくてもロゼリアさんは食べるだろ？」

（外にお出かけ……）

二人の他愛のないやり取りを見ながら、ロゼリアはゲームシナリオを思い返してみる。

（シナリオ通りなら、今頃ヒロインはレオンハルトと慰問に出かける頃よね）

ヒロインのアイラはロゼリアの断罪後、レオンハルトと共に瘴気の被害に遭っている地域を訪れ、浄化を行う。そこで瘴気の中から現れたネロと対峙するのだ。

（まさか、明日のお出かけの最中にアイラと出会う可能性が……っ!?）

十分にあり得る。もし、ネロの外出がただの気晴らしではなく、瘴気の浄化に向かう為ならなおさらだ。

ゲーム画面を真っ赤に染めるイベントが脳裏を過り、気付けばロゼリアはネロの袖を摑んでいた。

ネロはきょとんとした顔でロゼリアを見下ろす。

「どうした、ロゼリア？」

「…………その外出、私も連れて行ってくれない？」

ロゼリアがそう願い出ると、ネロは何度か目をぱちぱちとさせた後、無邪気な笑みを浮かべた。

「いいぞ、お前も来い！」

翌日、ロゼリアはネロに抱えられて森の中を移動していた。

ネロの外出とは、案の上瘴気の浄化に行くことだった。ロゼリアと出会う前から目を付けていた場所らしい。ロゼリアの足に合わせて歩くと日が暮れるのでネロが抱えて運んでくれることになったのだが、ネロの全力疾走によってロゼリアの気分は最悪だった。

「酔いそう……いや、酔った」

「しっかりしろー」

嗜み程度に乗馬の経験はあるが、それ以上の揺れにロゼリアは限界を迎えつつあった。淑女の矜持故に吐くことなどできない。どうにか醜態を晒す前に、目的の場所に到着する。

ネロの腕から降ろしてもらい、ようやく気分が落ち着いたロゼリアは改めて周囲を見回してみた。ところが、瘴気は特段見当たらない。

「もっと奥だ。結構広範囲だったはずだけど、意外に広がってねぇな……」

そうは言っても、葉音と風の音しか聞こえない嫌な静けさがある。瘴気が迫っていることは確かなのだろう。

「場合によっては、お前の魔力をもらうことも考えてたけど……これなら大丈夫そうだな」

「毎日魔力をあげてるのに、まだいるの？」

「それだけ規模がでかそうだったんだよ。ほら行くぞ」

ネロがロゼリアの手を引いて歩き出した。迷子防止の手繋ぎかと思いきや、ちゃんとロゼリアの歩調に合わせて隣を歩いてくれているのを見ると、まるでエスコートのようだ。

いつもは一歩先を歩くのに珍しい。しかし、これはある意味、好都合ではないだろうか。いざとなったら彼の手を引っ張って逃げればいい。

（瘴気の浄化はヒロインがやってくれるだろうし、いつ逃げ出しても大丈夫なように警戒だけは怠らないで……）

「お前さー……」

隣にいたネロが唐突に口を開いた。

「なんか悩みとかあんの？」

「お前が最近悩んでるみたいだから、若がちゃんと相談に乗ってやれってさー」

「え、何。藪から棒に……」

「あ、なるほどー……」

心を見透かされたようでドキリとしたが、違ったようで安堵した。しかし、ここで前世の話やヒロインの話をするか悩みどころだ。一度腹を括ったとはいえ、日が経つにつれて再び迷いが生じてしまっている。

「えーっと、私、急に魔法が使えるようになったでしょう。魔力量も減ったし、練習してたとはいえ、バンバン使えるようになったのが、不思議でちょっと戸惑ってて」

「ああ、オレが魔法を使えるように調整したからな」

「は？」

ぽかんと口を開けたままネロの言葉の意味を考えるが、正直彼が何を言っているのか分からない。

「使えるようにしたって、どういうこと……？」

「そもそもお前の身体は魔法が使える身体じゃなかったんだよ。毎晩魔力をもらうついでに、疲れをとってただろ？　あれの延長線で体質改善してやった」

「人の身体に何をしてるの!?」

一体どんな原理でそんなことができたのかは分からないが、まさかボディケアどころか肉体改造まで施されていたなんて誰が思うか。思わず自分を両腕で抱え込むと、ネロはにんまり笑い返した。

「でも、嬉しかっただろ？」

「え……そ、そりゃ……まあ」

もちろん、嬉しかった。まぐれではなくちゃんと魔法が使えると分かったその日、ずっと魔法を使っていたぐらいだ。ネロはにやにやした顔でこちらを見ており、恥ずかしさを誤魔化す為、ロゼリアはネロの顔を力づくで逸らす。

「でも、それとこれとはまた別！　びっくりしたじゃないの！」

「意外と人間は喜ぶんだけどな。膝が悪かった若のばっちゃんなんて『まるで身体に羽が生えたようだわい』とか言いながら村中を全力疾走してたぞ？」

「まだ言うか！」

叱られているというのに、ネロにはまったく反省の色が見えない。ロゼリアが本気で怒っているわけではなく、内心で喜んでしまっているせいもあるのだろう。

まだネロがにやにやしているのを見て、ロゼリアはぴんと来た。

「ネロ……まさかとは思うけど、他にも私の身体を勝手にいじってないでしょうね？」

ロゼリアがそう問うと、ネロは誤魔化すように口笛を吹く。しかも音になっていない。

「ネロ？」

問い詰めるように名前を呼べば、ネロはとびっきりの笑みを浮かべた。

「お前は嘆く度に、新たな進化を遂げるんだ」

「ちょっと何言ってるのか分からないんだけど、せめて人間の範疇なんでしょうね？」

すると、笑顔のままネロはくるりと背を向ける。

「それは自分の身体で確かめな！」

「こらっ！　逃げるなーっ！」

急に走り出したネロをロゼリアは追いかける。手心を加えてくれているのか、彼はロゼリアが見失わない絶妙な距離感を保っていた。

（いくらなんでも走って逃げることないでしょ！　私、元令嬢だって……ん？）

ロゼリアは自分の身体の変化に気付いた。いくら体力がついたとはいえ、こんなに走っているのに、まったく呼吸が乱れていない。おまけに速度も落ちていないのだ。そして驚くべきは身体が軽い。格段に運動機能が上がっているのが分かる。

（嘘でしょ⁉　短期間でこんなに走れるようになるわけ……！）

先ほどのネロの言葉が脳裏を過った。

『お前は嘆く度に、新たな進化を遂げるんだ』

「ネロぉおおおおおおっ……きゃっ！」

足元がおろそかになっていたロゼリアは、石に躓いて盛大にすっ転んだ。幸い擦り傷もなく、起き上がったロゼリアは衣服についた土を払う。

「いったぁ……あれ？」

前を走っていたはずのネロの姿が見えなくなっているのに気付いて、ハッとする。

「嘘っ⁉　見失った⁉」

まさかこんなところではぐれるとは思わなかった。しかし、彼はまっすぐ走って行ったはずだ。ネロもロゼリアがいないことに気付けば引き返してきてくれるかもしれない。

（まったく、後でちゃんと問いたださないと……でないと私、人間ですらなくなる）

厚意とはいえ、さすがに超人的な力はいらない。人並み外れた力なんて魔力だけで十分なのだ。この身体能力が永続的に残るのかは分からないが、他にも何かやられていないかネロに確認せねば。

（でも、運動能力が上がって嬉しいと思ってる自分もいて……悔しい！）

予想の斜め上を行きつつも、ネロは確実にロゼリアが喜ぶことをしてくれる。己の身を案じる一方で、ロゼリアは喜びを噛み締めるのだった。

「あ、やべ。ロゼリアを置いてきちまった」

ネロは後ろからロゼリアがついてきていないことに気付いて足を止めた。

以前、疲れてうたた寝していたロゼリアの為に体力を底上げしたのだが、体力どころか運動能力まで上げてしまったらしい。

せっかくなのでどのくらいまでついてこられるか好奇心が疼いたネロは、試しに追いかけさせてみた。バレない程度に速度を上げたのだが、さすがにもう追いつけなかったようだ。まっすぐ走ってきただけなので、引き返せばすぐに合流できるはずだ。

「しっかし、ロゼリアは面白いなぁ……」

逃げている最中に見たロゼリアの顔を思い出し、ネロは笑いをこらえる。おそらく自分の変化に途中で気付いたのだろう。ロゼリアの表情から嬉しそうな様子がありありと伝わってきた。

カモミールの花を渡した時の顔や、さっきの表情といい、ロゼリアは見ていて飽きない。次はどんな表情を見せてくれるかと思うと、わくわくが止まらなかった。

「楽しいなぁ……」

封印が解かれてから有意義な時間を過ごしている。

特にロゼリアと共に生活をするようになってから、それを実感するようになった。

一人の人間にこれほど興味を抱いたことはなかったせいか、ロゼリアに対する感情が時折分からなくなってしまう。

『……私も、貴方に拾われてよかったって思っただけよ』

野菜泥棒を捕まえた日の夜、そう言われた時、ロゼリアをずっと自分の内側に入れておきたい気持ちになった。その感情をなんと呼ぶのか、今の自分には分からない。

「なんつーか、もどかしいなぁ……ん？」

ふと、ネロは空気中に漂う瘴気に気付いた。周囲を見渡すと地面から煙のように漏れ出ている場所を見つける。

（さっさと浄化するか）

ロゼリアのおかげで魔力は十分だ。うっかり力加減を間違えて、村の畑みたいにならないよう気を付けなければ。

ネロが近づくと、ずしんと地響きがし、地面から勢いよく瘴気が噴出する。

「うわっ！」

瘴気に煽られたネロがひっくり返った。

幸い、噴出はすぐに止んで、今のうちに浄化をしようと起き上がろうとした時だった。

バタバタと駆け寄ってくる足音がする。

「た、大変！　大丈夫ですか！」

鈴を転がしたような声。

その声の持ち主が倒れているネロの顔を覗き込んだ。

（人間がなんでこんなところに？）

ネロは身を起こすと、彼女をまじまじと観察する。

短く波打つ茶色の髪に若葉色の瞳を持つ、平凡そうな少女。しかし、この周辺の人間ではないだろう。白いブラウスの上に瑠璃色のケープを羽織り、同色のスカートの裾には、白いレースがあしらわれている。シンプルでありながら上品に仕立てられており、その装いから彼女が王都の人間だとネロが答えを出すのに、そう時間はかからなかった。しかも彼女からは強い浄化の力を感じる。

「お前――……」

「アイラーっ！」

ネロの言葉は別の声によってかき消された。声がした方を向くと、金髪の青年が鎧を着た人間達を引き連れて駆け寄ってくる。そして、アイラと呼ばれた少女とネロの間に割って入ってきた。

「レオンハルト様！」

「アイラ、無事でよかった」

青年はほっとした表情を浮かべた後、ネロに向き直った。

「誰だ、貴様。私のアイラに近づかないでもらおうか」

射殺さんばかりに睨みつけてきた青年は、腰に吊るした剣に手を伸ばしていた。いきなり敵意をぶつけてきた相手に、ネロは眉をひそめる。

「お前こそ誰だよ。失礼なヤツだな」

アイラよりも身なりのいい服装。手にしている剣と、それを収める鞘には細かな意匠が施されており、世間に疎いネロでも高価なものだと想像がつく。おまけに護衛まで連れているのを見ると、おそらく彼は貴族なのだろう。それなりに剣を扱えそうに見えるが、ケインよりも身体の線が細く、ネロがド突けば吹っ飛んでしまいそうだ。

しばし無言で睨み合っていると、背後から自分を呼ぶ声が聞こえてきた。

「やっと見つけたわよ！」

振り返るとそこには鬼の形相で駆けてくるロゼリアの姿があった。どこかで転んだのか服が少し汚れており、頭には葉っぱがくっついていた。そんなロゼリアを見ていたら、苛立っていた感情が徐々に収まっていく。

「なんだ、ロゼリア。お前、また転んだのか？　ドジだな～」

「ドジで悪かったわね！」

「ロゼリア……？」

金髪の青年が彼女の名前を口にする。そこでようやくロゼリアは彼らの存在に気付いたようだった。彼女は大きく目を見開き、踏みつぶされたカエルのような声を出す。

「げっ……レオンハルトとアイラ」

――最悪だ。

ロゼリアは最悪な状況に追い込まれている。ネロに会わせるかどうか答えが出ないまま二人と遭遇してしまったからだ。

おそらく今この現場は、ネロとヒロインの出会いイベントと化している。

ゲームであれば、ネロの慈悲なき先制攻撃によってレオンハルトは吹っ飛ばされる運命だったが、どうやらネロに敵意はない様子。

ひとまず一般人を装ってこの場を立ち去るべきだろうか。それともネロが聖竜だと二人に告白すべきだろうか。しかし、どちらも無駄だとロゼリアは悟った。なぜなら今、レオンハルトが殺気を込めた目でこちらを睨みつけているからである。

「ロゼリア……なんでお前が、ここにいる？」

（そうよね、国外追放されたはずの私がここにいれば、そんな反応にもなるわよね）

ロゼリアはスカートの裾を捌き、淑女の礼をする。

「ご無沙汰しております、レオンハルト殿下」

「ふん、もう二度とその顔を拝まなくて済むと思っていたのだが」

レオンハルトは嘲るように言った。

「まさかこんなところに身を潜めていたか。おまけに新しい男を作っているとは。変わり身の早い女だ」

（はぁ⁉　なんでそんなこと言われなくちゃいけないわけ⁉　そっちなんて婚約者を放ってコソコソ逢引してたくせに！）

昔のことを思い出せばふつふつと怒りが込み上げてくる。自分のことを棚に上げてよくもそんなセリフを言えたものだ。

（今こそ魔力が暴発して、このバカが木端微塵にならないかしら！）

怒りで魔力が暴発することがなくなった今、それができないのが悔しい。

思い切り睨みつけていると、ネロがこっそり耳打ちしてくる。

「ロゼリア、誰だよ。この態度のでかいヤツ」

「私の元婚約者よ」

ネロはたちまち「あ〜」と納得した顔で頷いた。

「お前か。婚約者がいんのに、よその女とデキてた浮気男。よくもまぁ自分のことを棚に上げて、でけぇ口を叩けたもんだなぁ。お前、何様だよ？」

この国の王子様です、なんてロゼリアは口に出せなかった。ロゼリアが思っていた言葉をネロがそっくりそのまま口にした為、笑いをこらえるのにいっぱいだったからだ。

元より容赦のないネロだったが、あまりにも歯に衣着せぬ物言いにレオンハルトが顔を引きつらせた。

「なっ、貴様……っ！　さっきから無礼だぞ！」

「無礼も何も、先に礼を欠いたのはお前だろ。こんなの放っておいてさっさと行こうぜ」

ネロはロゼリアをくるりと方向転換させ、そのまま背を押すように歩き出す。

「ちょ、ネロ……」

「待ちなさい！」

呼び止める声が聞こえ、ネロが面倒くさそうに首だけ向けた。

アイラがネロを睨みつけ、小さな唇を震わせながら言った。

「貴方は……貴方は一体何者ですか？」

「え……」

驚いたのはロゼリアだけではなかった。レオンハルトも戸惑った表情を浮かべており、そんな彼を守るようにアイラは前へ出る。

「アイラ？」

「レオンハルト様、下がっていてください。彼は……人間ではありません！」

はっきりと断言したアイラの言葉を聞いて、護衛の騎士達が剣を抜いて守りを固める。

「それは本当か……？」

「はい。彼は先ほど瘴気を直に受けたにもかかわらず、苦しんでいる様子もありませんでした。それに私は感じるんです。彼から放たれる禍々しい気配を……！」

「まがまがしい……？」

一体ネロのどこに禍々しさがあるというのだろう。ネロすらも自分を指さしながら「え？　オレ？」ときょとんとしている。

「皆さん、下がってください！」

彼女が祈るように両手を握ると、身体から淡い光体が浮かんだ。それは、ネロが使う浄化の力と同じもの。

「ま、待って！　ネロに何をする気!?」

「安心してください。もし、彼が邪悪な存在でなければ、何も起きません。でも、あの気配は、絶対に只者ではありません！」

緊張した面持ちでこちらを睨むアイラに向かって、ネロは大まじめな顔で言った。

「人の男を横から掻っ攫ったお前の方が、よっぽど邪悪だぞ？」

「誰が邪悪ですか！」

彼女の周囲を飛び交う光体が激しく点滅する。まるで彼女の感情に呼応するかのようだ。

「それに国外追放されたロゼリア様がなぜこんなところにいるんですか！　おまけに得体の知れない存在と一緒にいるなんて！　もしかして私に復讐するつもりですか!?　レオ

ンハルト様を奪って国外追放にした私を恨んで！」

「落ち着いて、アイラ様。別に貴女を恨んでなんか……」

「絶対そうに決まっています！　だって……」

「おい」

癇癪を起こしたアイラの言葉をネロが遮った。

「黙って聞いてりゃ、好き放題言いやがって。お前こそ、なんの根拠があって言いがかりをつけてくるんだ？　人を悪人扱いして得する理由でもあんのか？」

（ネロ……貴方、自分が邪神でもあることを忘れてない？）

ロゼリアが心の中で冷静にツッコミを入れたのとは裏腹に、金切り声を上げていたアイラの表情が一変し、押し黙る。そして、一つ一つ言葉を絞り出すように言った。

「私は……瘴気を浄化して、困ってる人を助けて、瘴気を振りまく存在をやっつけるのが役目。貴方から、普通の人からは感じられない瘴気の気配がします。私が貴方を敵視する理由はそれで十分。それに……」

思いつめた顔で彼女はネロを睨みつけ、スカートを強く握りしめた。

「聖竜姫だって認めてもらわないと、ここにいる意味がないんです！」

彼女がそう叫ぶと同時に、周囲の光体がネロ目がけて飛んでいく。ロゼリアはネロを庇おうと前に出たが、光体はロゼリアの脇をすり抜けていった。

「――っ⁉」

本物の聖竜姫ではなくても、彼女はこの世界におけるヒロインだ。さすがのネロでも、ただでは済まないかもしれない。

ロゼリアが振り返れば、光体はネロの眼前にまで迫っていた。

「ネロ！」

「ん？」

パァン！

飛んできた光体をネロは両手で叩き潰した。まるで飛んできた蚊を仕留めるような動きに、皆が沈黙する。

ネロの手の中からじゅっ……という音が聞こえた。ゆっくりその手を開けば、そこには黒く消し炭になった痕跡だけが残されており「ショボい……」と呟く彼の声が聞こえた。

「な、何をぼさっとしている！　あの男とロゼリアを捕まえろ！」

レオンハルトが叫ぶと、騎士達がネロに向かって襲いかかる。

ネロはロゼリアを後ろに下がらせると、難なく回し蹴りで先頭に立つ騎士を吹っ飛ばす。

鎧の胸部がめり込み、苦しむ仲間を見て騎士達が息を呑むのが分かった。

「あ。やっべ。鎧ってへこんだら身体に食い込むんだったよな？　すっかり忘れてたわ」

ネロは苦しんでいる騎士に近づき、へこんだ鎧の胸部を片手で引きちぎった。ぽいっと捨てられた鎧は重い音を立てて地面に転がる。息ができるようになって咳き込む騎士を横目に、振り返ったネロがたじろぐ他の騎士達をなめるように見つめた。

「その鎧、殴るには邪魔だな……脱がすか！」

八重歯を覗かせながら無邪気に言い、両手をわきわきさせる。

「ふ、ふざけるな！　このっ……」

「ほら、まず一人目！」

ネロは近くにいた騎士を捕まえると、瘴気を操り腐蝕の力で白銀の鎧を錆びつかせていく。

それを見たレオンハルト達は目を見開いた。

「あれは、瘴気か！」

騎士の鎧は音を立てて崩れ落ち、そこには下着一枚になった男だけが残されていた。どういうことか、下の服まで塵に変えたらしい。トドメに手刀を首筋に落として男を気絶させると、ネロは新たな獲物に狙いを定めた。

「ほい、二人目！」

「ぎゃぁあああああああっ！」

「来るなぁ！　来るなぁあああああ！」

まさに阿鼻叫喚。次々と身ぐるみを剝がされていく騎士達に、目も当てられなくなったロゼリアは両手で顔を覆う。

（私は何も見ていない。私は何も見ていない。私はまだ清らかでいたい）

この時、ロゼリアはネロの楽しげな笑い声と騎士達の断末魔のせいで、自分の背後に近づく影に気付かなかった。

突如両手を後ろに抑え込まれたかと思うと、冷たいものが首筋に当たる。

「動くな！」

鋭い声にネロが動きを止めると、レオンハルトに捕らえられたロゼリアの姿が目に入る。

「瘴気を操り、鎧を錆びつかせる力……貴様、邪神か！」

「おい……」

「動くなと言っている！　ロゼリアがどうなってもいいのか？」

ロゼリアの首筋に押し当てられた短剣が、鈍く光る。ネロが言われた通り大人しくすると、レオンハルトは不敵に笑った。

「まさかロゼリアが邪神と手を組んでいたとはな。この国を脅かす元凶め。お前さえ死ねばこの国は救われ、アイラは聖竜姫として認められる。今ここで大人しく死んでもらおう」

「はぁ？　お前、何言ってんだ？　それに聖竜姫は……」

「私が聖竜姫です」

ネロの言葉を遮り、アイラが手の甲にある黒い竜の痣を見せつける。翼を折り畳んで眠る黒い竜の痣を見て、ネロは大きく目を見開いた。

「あれ、お前………」

ネロが一歩踏み出すと同時に、ロゼリアの首筋がちりっと痛む。ロゼリアの首に小さな赤い玉が浮かび、赤い雫がぽたりと地面に落ちた。

それを見たネロの瞳に怒りの色が浮かぶ。ぶわりと唸り声を上げるように、疾風が森の中を駆け抜けた。

「………ああ」

風が止んだ一瞬の静寂に、聞いたことのない冷たい声が響く。

「やっぱりあの時……人間を根絶やしにすべきだったな」

ロゼリアの背筋にぞくりと悪寒が走った、その時だった。音を立てて地面から瘴気が噴き出し、視界を黒く染め上げていく。

「くっ！」

レオンハルトはロゼリアを突き飛ばすと、瘴気から逃れようと後ろに下がる。しかし、この濃い瘴気の中では逃げ場などない。

「レオンハルト様！」

瘴気に顔を歪めていたレオンハルトのそばに駆け寄ったアイラは、レオンハルトの周囲を浄化しているようだった。だが、とても追い付いてはいない。

（何、この瘴気……）

ネロから加護を与えられているものの、あまりの息苦しさにロゼリアは口元を覆った。太陽の光も届かなくなった暗闇の中で、ロゼリアはネロの姿を探す。

不意に、冷たく光る赤い双眸が暗闇に浮かび上がった。

（あれは……？）

瘴気を纏い現れたのは、歪な翼を持った異形――いや、ネロだった。白い肌には黒い鱗のようなものが浮かび、彼がふぅと吐息を漏らせば、黒い塵のようなものが口から漏れた。彼の足元に伸びていた下草が、どろりと溶けるように腐っていく。

（あれが……邪神ネロ？）

背中に生える片翼は蝙蝠のように骨ばっており、ひどく歪んでいる。大きな鉤爪を持った腕は異様に長く、地面を引きずっていた。

――まさに邪神と称するに相応しい禍々しさを持つ姿だった。

以前、ネロは邪神と呼ばれていた姿も間違いなく自分であると断言していたが、目の前の彼は本当に同一人物なのかと疑いたくなる。

（嘘、なんでいきなり邪神化したの⁉）

「とうとう本性を現したか……」

ロゼリアがハッと声のした方を向くと、レオンハルトが剣を引き抜いていた。

「レオンハルト様、貴方に力を預けます！」

アイラが無数の光体を生み出し、彼の剣に浄化の力を纏わせた。白く輝き出した剣を構え、レオンハルトがネロに立ち向かう。

「くたばれ、邪神！」

剣はネロに向かって振り下ろされたが、いとも容易く受け止められてしまう。

「邪魔だ」

「なっ⁉」

漂っていた瘴気が剣を錆つかせ、アイラの浄化の力すらも一瞬で塵に変えた。絶句するレオンハルトの胸倉を掴み上げ、ネロは勢いよく地面に叩きつける。

「――かはっ！」

そしてトドメと言わんばかりに異形の腕が振り上げられた。

「ダメっ！『風よ！』」

咄嗟にロゼリアが風の魔法でレオンハルトの身体を吹き飛ばす。

振り落とされた拳は地面を大きく抉った。これが人間に当たっていたらひとたまりもなかっただろう。

「レオンハルト様⁉」

アイラが悲鳴のような声を上げてレオンハルトの下へ駆け寄り、治癒魔法をかける。

「レオンハルト様、レオンハルトさ……ひぃっ！」

必死にレオンハルトの名を呼んでいたアイラが、ゆっくり近づいてくるネロに気付いた。

彼女はいくつもの光体を生み出し、ネロに向かって放つ。その鋭い輝きは銃弾のように飛んでいくも、ネロの身体の中へ溶けて消えていった。

「そ、そんな！」

アイラの浄化の力を呑み込んだ彼は、そのまま彼女に向かって歩を進める。ロゼリアは必死に思考を巡らせた。

（どうしたらいいの⁉　ネロが暴れるなんて考えてなかったわよ！）

ゲームではヒロインの浄化の力でネロを退かせた。しかし、その浄化の力はネロの身体に呑み込まれてしまっている。

（考えるのよ、ロゼリア！　ネロを正気に戻すの！　だって、ネロは……！）

今のネロは人間が好きだった。人と同じように扱われることを喜んでいたのだ。そんな彼が人を傷つけるところなんて、見たくない。

（ゲームでは最後、浄化の力で落ち着きを取り戻して話し合えるようになった。なら、同じようにすれば……いや、私に浄化の力なんて……！）

自分の手を見てロゼリアは気付いた。身体がうっすらと光っている。そして、ロゼリアの身体をすっぽりと覆っている淡い光から小さな光体が現れ、ロゼリアは目を見張った。

（これは、ネロの加護……？）

「来ないで！」

アイラの声が聞こえ、ロゼリアは弾かれたように顔を上げた。ネロはもう彼女の目の前まで迫っていた。無表情のままアイラを見下ろすネロは、黒い鱗で覆われた手を彼女の首元へ伸ばそうとしていた。

（もう考えてる場合じゃない！）

ロゼリアは一か八か、ネロの下へ駆け出した。

ネロは真っ暗な視界の中で目を覚ました。そこは息苦しく、呼吸をすると喉に何かがこびりつくような感覚がしてひどく気持ち悪い。苦しいのは呼吸だけではない。胸の奥もだ。言葉にはしづらい不快感が胸の中で渦巻き、ネロを苛立たせた。

――ここはどこだ？

夜目は利く方なのに、まったく辺りが見えない。まるで自分だけ漆黒の世界に取り残されたようだった。

　確かロゼリアと一緒に瘴気の浄化に来て、彼女の元婚約者とその浮気相手と会った。浮気相手の女の手にあった痣、そして剣を突き付けられたロゼリアの首から赤い血が流れるのを見て、そして——その先の記憶がない。

　ふと、ネロの頭の中で声がした。

『人間はいらない。あの愚かしい生き物は直ちに排除すべきだ。殺せ』

　抑揚のないその声はひどく冷たく、どこかで聞いた覚えがある。誰がいるわけでもないのに首を横に振ると、ぱっと視界が明るくなる。

　目の前には一人の少女が立っていた。白銀の髪に黄金の瞳の少女は、笑顔で手を振っており、ネロはきょとんとして彼女の名前を口にする。

「ビアンカ？」

　そう、自分の眷属で人間から聖竜姫と呼ばれていた少女。しかしなぜ、彼女がここにいるのだろう。ネロが彼女に向かって手を伸ばした途端、彼女は血にまみれた姿に変わる。

「——は？」

　倒れてきた彼女を受け止めると、その身体はすでに冷たく、息もしていなかった。

「お、おいっ⁉　お前、どうしたんだ⁉　お前、刺されても死なねぇ女だろ！」

　ふと、人の気配を感じて顔を上げると、憎しみのこもった目でネロを見下ろす女の姿があった。そして、その女の手には——。

『聖竜を誑かした悪女め！』

――ああ、そうだ。二百年前、ビアンカは人間に殺されたんだ。

再び、あの声がした。

『人間はいらない。あの愚かしい生き物は直ちに排除すべきだ。殺せ』

胸の奥で渦巻いていた不快感が増幅し、頭の中で響く声が徐々に大きくなっていく。

『人間はいらない。「生命の息吹」の力を求める強欲な人間は全て殺せ』

『人間はいらない。人間は等しく殺せ』

『人間はいらない。この国も何もかも滅ぼしてしまえ』

そう何度も訴えかけてくる声に、ネロは頭が痛くなっていく。

腕の中にいたビアンカが砂のように崩れて消えていき、代わりにネロの前に現れたのは

――ロゼリアだった。

「ロゼリ――……！」

ロゼリアの姿が赤く染まっていく。ふいに誰かが、背後からネロの目を覆い隠した。そして、耳元でこう囁く。

「人間に期待する心なんか持つから、こうなったんだろう？」

――ああ、そうだ。今度こそ殺さないと。

――何もかも、跡形も残らないように全てを終わらせないと。

──だってあの時、オレは……。


「ネロ！」

突然（とつぜん）、誰かの声が頭の中に響いたかと思うと、目の前が急に明るくなった。


「ネロ！」

ロゼリアはネロの名前を叫ぶと、後ろから抱き着き、自分の魔力を彼に流した。

「私の魔力、全部あげる！　貴方の加護ごと、全部！」

ロゼリア自身に浄化の力はない。しかし、無我夢中（むがむちゅう）で自分の魔力と一緒に送り込んだ。

「だから、ネロ！」

「…………………ない」

「え？」

「いらない」

そう静かに告げられ、ロゼリアはネロに突き飛ばされた。倒れたロゼリアが彼を見上げると、赤い瞳が悲しげにこちらを見下ろしている。

「ネ、ロ……？」

「………お前は、いらない！　オレに近づくな！」

さっきとは違い、はっきりと告げられた拒絶の言葉は、ロゼリアの胸に深く突き刺さった。

ロゼリアを自分のものだと豪語し、家の壁に穴を開けても、村から出て行くと言った時も、ネロがロゼリアを突き放すことはなかったのに。

『お前がいるだけで毎日が退屈しない。だから……やっぱりお前を拾ってよかったわ』

そう言ってロゼリアに居場所を与えてくれたのに。

そんな彼の口から出た「いらない」という言葉にロゼリアは拳を握りしめた。

「ふっざけんじゃないわよ……！」

ふっと湧いて出た怒りに身を任せ、気付けばロゼリアはネロの胸倉を思い切り掴み上げていた。

「私を自分のものだって言ったくせに、いらないって何よ！　それに……」

——自分でいらないって、近づくなって言ったくせに、なんでそんな悲しそうな顔をするのよ！

ロゼリアの身体に熱いものが駆け巡る。振り上げたロゼリアの手には強い輝きを放つ光

体が集まっていた。

「拾ったからにはちゃんと最後まで面倒見なさいよね！　この、アホ――――っ！」

ロゼリアの怒声と共に渾身の平手が飛んだ。耳を劈くような乾いた音が響くと、光の粒子を含んだ風が辺り一帯を吹き抜けた。

枯れた木は息を吹き返し、青々しい葉を再びつけ始め、地面には草花が芽吹いた。頭上には晴れ晴れとした青空が広がり、息苦しかった空気は澄んだものに変わる。

肩で息をするロゼリアの前にはきょとんとした顔で立つネロがいた。

正気に戻った赤い瞳はしっかりとロゼリアを映しており、頬にあった黒い鱗はぽろぽろと剝がれ落ち、代わりにロゼリアが打った痕が痛々しく浮かび上がっていた。

ロゼリアは摑んでいた胸倉を放さなかった。そして、ネロの頰を打って熱くなった手を握りしめる。

「この、アホ！」

「うわっ、なんだよ⁉」

「ネロのアホ！　バカ！　分からんちん！」

ネロを叱ろうにも、次々と出てくる言葉は自分でも驚くほど幼稚なものだった。しかし、それでも言わずにはいられない。

「拾ったくせに……簡単に……いらないなんて言うんじゃないわよ……っ！」

気付けば目から熱いものが零れ落ちていた。止めようにも止められず、後から後から溢れてくる。

「えーっと……悪い？」

なぜ謝っているのか分からないというような顔でネロが言うと、ロゼリアは泣き腫らした目で彼を睨む。

「この……っ！」

再び叱り飛ばそうとした時、ロゼリアの身体が大きく傾いた。

「ロゼリア！」

意識を失う直前に見たのは、大きく目を見開いて慌てるネロの顔だった。

「う……んん？」

ロゼリアが目を覚ますと、ぼやけた視界の中で赤い瞳と目が合った。

「お、やっと起きた」

「ネロ……？」

ロゼリアが寝ていた場所は自分の寝室だった。ベッドの横に座っていたネロが嬉しそうに目を細めるのを見て、ぼんやりとした頭が徐々に覚醒していく。

「ネロ!?」

「うおっ!?」

ネロの顔を引っ掴み、ロゼリアはまじまじと彼を見つめた。

邪神化した彼は、黒い鱗が肌を覆い、片腕が変形していたのをロゼリアははっきりと覚えている。何か影響が残っていないかくまなく確かめていると、ネロがその手をやんわりと止めた。

「おい、くすぐったいだろ」

「だって、もう、大丈夫なの……？」

「オレは平気だよ。お前こそ、大丈夫なのかよ？　丸三日も寝てたんだぞ？」

「三日も⁉」

「そ、魔力不足みたいでさ。その様子だともう大丈夫だな……」

ネロを正気に戻すのにありったけの魔力を込めたのは覚えている。まさか三日も寝込むはめになったとは。

結局、あの後どうなったのだ。いや、それよりもネロに聞かなければならない。

「ネロ、あの時貴方に何が……」

「話の前に飯にしようぜ。お前、三日も食べてないんだし」

遮るようにネロは言うと、いそいそと立ち上がる。そして、温かな湯気が立つスープを持って戻ってきた。

「いや、ご飯よりも……もっと大事なことが！　それに……」

「まあ、冷める前に食えって」

ネロに皿を押し付けられ、ロゼリアはスープを見下ろす。美味しそうな匂いにつられてロゼリアの腹の虫が大きく騒ぎ出した。

「ほら、話は飯を食った後だ」

しぶしぶスープを口にし、しっかり胃が満たされた後、おもむろにネロが話し始めた。

「それで、何から話すか……」

「まずはなんで急に暴れ出したかよ。一体、あの時何があったの？」

急に動かなくなったと思ったら、いきなり様子がおかしくなったのだ。それまでアイラのことを見てもなんともなかったのに。ロゼリアがそう口にすると、ネロは深いため息を漏らした。

「お前を傷つけられた時、唐突に昔のことを思い出した。ビアンカ……オレの眷属だった聖竜姫は、人間に殺されたんだ」

「殺されたっ⁉　で、でも、なんで⁉」

「逆恨みだよ。言ったろ、眷属を自称する人間が現れたって。だから、オレはそういうヤツらを見つけては、浄化の力を剥奪していったんだ。ところがそいつらは、聖竜の加護を奪われたのは、ビアンカがオレを誑かしたせいだって言い始めたんだよ。最後には暴徒化して、オレがいない隙を狙ってビアンカをぶすりって感じ」

ネロは皮肉げに笑う。

「ほんと、人間って身勝手だよな。さすがのオレも長く一緒にいればビアンカにも情が湧く。だからオレの眷属に手を出した報復をしたってわけ。どうせなら、国ごと綺麗さっぱり滅ぼしてやろうと思って大暴れしたんだが……実はビアンカのヤツ生きてたみたいでさ。

そのままアイツに封印されたってオチだ」

「え。聖竜姫、生きてたの？　じゃあ、ネロの暴れ損じゃない？　ましてや弱体化するような封印までされて……」

「まあ、オレのものに手を出した報復がしたかっただけだし、そこはあまり気にしてない。ましてや今まで忘れてたくらいだしな」

ざっくりしたネロの回答に肩を落とすが、どこか腑に落ちた気分だった。

（眷属殺しの報復か……ネロって雑に扱ってるように見えて、結構世話焼きタイプだものね……）

彼女に特別な感情を抱いていたのではと邪推してしまいそうになるが、村人達と接している態度を見れば納得する。親しい間柄の人間が傷つけられれば、誰だって怒りや復讐心に囚われてしまうだろう。

まさかネロにそんな過去があったなんて思いもしなかった。

「とにかく、あの時のことを思い出したら、人間がいらない存在だと感じたんだ。無性にイライラして、気持ち悪くて、人間どころか国そのものも全部破壊してやりたい気持ちになった」

「……今は、大丈夫なの？」

あの時のネロの姿を思い出し、胸が痛くなる。ネロはいつもの人懐っこい笑みを浮かべて頷いた。

「おう、お前にぶっ叩かれて全部吹っ飛んだ」

「あのねえ……」

必死の思いでぶっ叩いた身としては、その言葉に脱力感を覚えた。ネロが正気に戻ったということは、少なくとも魔力と共に加護を叩き込んだ方法は間違いではなかったのだろう。今はただ、成功したことを素直に喜ぶとしよう。

「まあ、いいわ。何はともあれ、いつものネロに戻ってくれてよかった……ネロ？」

ネロが何か言いたげな顔でこちらを見つめている。

「どうしたの？」

「……悪かった」

「………え。何が？」

謝られる理由が思い当たらない。しかし、ネロはため息をついた後、真っ黒な頭をガリガリと掻いた。

「お前をいらないって言って、悪かったよ」

我を失っていたネロが覚えているとは思わなかったので、ロゼリアはぽかんとしてしまう。彼は気まずそうに口を開いた。

「あの時、オレなりにお前を遠ざけようと思って、それ以外の言葉が浮かばなかった。でも、お前にそう言ったことを、結構……いや、だいぶ後悔してる。だから、悪かった」

さっきまでの開き直った態度とは違い、背中を丸めて落ち込んでいる様子に、ロゼリアは衝撃を受けた。

（あのネロが……あのネロが謝った。そして、ちゃんと反省している……っ⁉）

ロゼリアが黙ったままなのが気になったのか、ネロは様子を窺うようにちらりとロゼリアに目を向けた。

「ロゼリア、どうした？　……やっぱり、まだ怒ってんのか？」

「ネロ……貴方おかしくない？　もしかして、あの時の私、強く叩き過ぎた？　大丈夫？」

「おかしくねぇよ。なんで人が反省してんのにそんな風に言われんだよ？」

ムッとした顔でネロは言うが、ロゼリアは正直、どこか打ちどころが悪かったのではないかと心配になる。

「だってネロっていえば、天上天下唯我独尊。オレ様何様邪神様で実は聖竜様が座右の銘でしょうよ？」

「早口言葉みてぇな座右の銘を勝手につけてんじゃねぇよ。しかも最後、語呂が悪いぞ」

彼は長く息をつくと、いじけた様子で頬杖をついた。

「オレがどんだけ心配したと思ってんだよ……」

「悪かったわよ……私だってネロが本心で言ったとは思ってないわ」

ぶつくさと呟いていたネロが、訝しげに目を細める。

「本当かよ？」

「ええ。心配してくれてありがとう、ネロ」

ネロの頭を撫でてやると、不満げだった彼の目が和らいでいく。そして、撫でていたロゼリアの手をおもむろに摑んで止めた。

もしかして、撫でられるのは嫌だっただろうか。ロゼリアが様子を窺っていると、ネロは呟くように言った。

「お前が……オレの手を叩き落とす理由が分かったわ」

「え？」

「なんつーか、こそばゆいなー……」

居心地が悪そうにしながらも笑うのが少し意外で、呼吸を忘れそうになる。何も言わないロゼリアが気になったのか、ネロが不思議そうな顔をした。

「どうした？」

「な、なんでもない……というかあの後、レオンハルト達はどうしたの？」

まさか死んではいないだろうが、一応確認すべきだろう。

ネロの返事を待っていると、彼はそっけなく答えた。

「男の方が女を抱えて逃げてったから、多分生きてはいると思うぞ。でも、その後は知らん」

「そ、そっか……」

生きていると聞いて安心したが、彼らはネロを邪神だと確信しただろう。ゲーム通りの展開になってしまったことに、ロゼリアは肩を落とした。

こうなった以上、ヒロインと対立することになる。それどころか国を敵に回すことになるだろう。

（このままいくと、バッドエンド確定……っ!?）

それだけではない。邪神と繋がりがあると分かったら、レオンハルトのことだ。村の人達まで罪に問われる可能性が高い。邪神の信徒と言いがかりをつけられ、村が焼き討ちに遭ったり、全員断頭台に立たされたりでもしたら――。

ロゼリアの思考がどんどんよくない方向へ突き進むが、ネロの呑気な声に中断される。

「つか、アイツは王族だろ？　普段町に下りることのないヤツらが、なんでこんなド田舎にいたんだ？」

それは当然の疑問だろう。だが、すでにこのシナリオがバッドエンドに向かっているのならば、もうなりふり構っていられない。

「浄化の為に来ていたのよ。一緒にいた子を、今代の聖竜姫だって喧伝する為にね」

ロゼリアがそう口にすると、ネロは怪訝そうに眉をひそめた。

「はぁ？　つか、なんでお前がそんなことを……」

「ネロ」

ネロの両肩を掴み、ロゼリアはまっすぐ赤い瞳を見つめる。

「私の秘密を聞いて欲しいの」

ロゼリアは全てをネロに打ち明けた。

自分には別の人間として生きていた記憶があること。

その人生で遊んだ乙女ゲームとこの世界が酷似しており、自分とネロは物語の悪役であること。

分かりやすく要点を噛み砕いて説明したつもりだが、さすがにいきなりは信じられないだろう。ネロは短く考え込んだ後、自分の頭をとんとんと小突きながらこうまとめた。

「つまり、オレはあの女を愛して封印されるか、殺されるしかねぇと？」

「そう！　理解が早くて助かるわ！　ついでに言うと、今あの子はレオンハルトと絶賛恋愛中だから、彼女を愛して封印される線は消えたと思うの。私、ネロが死ぬなんて嫌よ

「……っ！」

シーツを強く握りしめるロゼリアの手を、ネロが包み込むように触れる。

「ネロ……」

「大丈夫だ。むしろ、今頃崖っぷちに追いやられているのは、あっちの方だろ？」

「どういうこと……？」

ゲームではネロとの戦闘後、ヒーローが大怪我を負う。そういう意味では確かにレオンハルトは怪我をし、窮地に立たされているだろうが。

しかし、ネロはロゼリアが想像もしていないことを言った。

「聖竜がいない聖竜姫なんておかしいだろ」

「あ……ああっ！」

ロゼリアはネロが聖竜であると知っているから、聖竜が不在とされている理由も知っている。しかし、世間は違う。確かに聖竜の存在はお伽話になりつつあるが、聖竜姫が現れたなら、その力の源となる聖竜も現れなければおかしくなる。

「聖竜姫は聖竜に付随する存在だ。なのにその聖竜が現れなければ、あの女の嘘はいつかバレる。あの女を選んだ浮気男共々、王宮でさぞかし肩身の狭い思いをしてるだろうよ？　おまけにどこかの誰かが大規模に瘴気を浄化してるんだからさ」

にたりと笑うネロの真意を読み取ったロゼリアは息を呑んだ。

「もしかして、レオンハルト達が森にいたのって……」

「浄化に来てたんじゃない。聖竜を探してたんだろ。あの女を本物の聖竜姫だって証明する為にな」

(やっぱりそういうことか～～～！)

大々的に瘴気が浄化されれば、国が気付かないはずがない。それも瘴気の濃い地域が浄化されたとなれば、それを行える者は限られてくる。

「でも、浄化の力がある他の人間がやったって思われたりしない？」

「瘴気を浄化するどころか、瘴気で荒れた土地を再生させたんだぞ？　あの女は国随一の浄化の力を持ってたんだろ？　そこまでアイツはできたのか？」

「それは……」

――できない。

彼女はあくまでも瘴気を浄化できるだけだ。

ロゼリアの沈黙を肯定と受け取ったネロは、うんざりした様子でため息をついた。

「ほんと、人間は都合のいいように考えるな。正直、オレは人間にどう認知されようが興味はない。が、傲慢にもオレの存在を利用しようと考えるなら話は別だ。オレがどう在るべきかも、オレの聖竜姫もオレが決める」

ネロはそう言うと、まっすぐにロゼリアを見つめた。

「だからロゼリア。オレの聖竜姫にならないか？」

「いや」

ロゼリアは即答した。

まさか断られると思っていなかったのか、ネロは赤い瞳をまんまるにしてロゼリアを見つめる。

「え、なんで……!?」

「なんではこっちのセリフなんだけど？　思い付きで任命されても困るわ」

「思い付きじゃねーよ！　だから、その……」

ネロはどこか拗ねたように唇を尖らせた。

「お前がいいんだよ……」

「なんで私なの？」

ロゼリアが問うと、ネロは聞かれている意味が分からないのか首を傾げる。

「はぁ……あのね、ネロ。貴方にとって聖竜姫はただの眷属でも、人間にとっては特別な存在なの。それこそ、その座を奪う為に殺そうと考える人間がいるくらいにはね」

ぴしゃりと言われて二百年前のことを思い出したのか、ネロはバツの悪そうな顔をする。

「私、ネロのことを大切に思ってるわ。ネロには何度も救われてきたし、これからも一緒にいたいって思う。でもね、これは軽い気持ちで受け入れてはいけないことだと思うの」

聖竜姫の肩書はネロが思っている以上に重いのだ。どんなにロゼリアがネロを大切に思っていても、肝心のネロがいい加減では困る。

「どうしてネロは私がいいの？」

ロゼリアがまっすぐにネロを見つめると、赤い瞳が戸惑うように小さく揺れた。

「それはー……そうだな」

ネロはしばらく低く唸りながら考えた後、真剣な顔で言った。

「もしオレにさー……」

「うん」

「でっけぇポケットがあったら、そこにお前をしまっておきたいから……？」

「…………うん？」

とんちんかんなネロの言葉に、ロゼリアの頭の中で疑問符が大量に浮かんだ。

「ポケット……？」

ロゼリアが困惑しきった声で聞き返すと、ネロは慌てて首を振る。

「待った！　今のはナシ！　もう一回考える！」

「え、ええ。ごゆっくり？」

ロゼリアが頷くと、ネロは頭を抱えて考え始めた。あーでもない、こーでもないと呟いた後、困った顔で自分の隣を指さす。

「ロゼリア、えーっと……オレのすぐそこにいて欲しいんだ」

「そこに？」

ロゼリアがいまいち言葉の意図を汲み取れていないのが分かったのか、ネロはさらに続ける。

「前にも言ったけど、お前と一緒にいるのはすごく楽しいし、見てて飽きない。ずっとそばでお前を見ていたいと思う……少なくともオレの手の届く範囲にいて欲しい」

そう言われて、ロゼリアは野菜泥棒を捕まえた夜に似たようなことを言われたのを思い出す。

「今までもだいぶ近くにいたと思うけど……？」

あの時と同じように答えると、ネロはムッとした顔で続けた。

「距離の問題じゃなくてだな。お前はオレのものなのに、村のヤツらは平気でちょっかいをかけてくるし、そもそも何度も言ってるのにお前はオレのものだっていう自覚が薄い。だから……」

「だから……？」

「名実共に、お前がオレのものだという証を与えたい。お前を誰にも触れさせない為にも、お前を手放さないっていう証明の為にも」

ネロの言葉にロゼリアはぽかんとしてしまう。

(名実共に自分のものって……それじゃあ、まるで……)

「正直、この感情を人間がなんていうかは知らん。でも、お前を特別にしたいと思ってる。それがお前を聖竜姫にしたい理由だ」

告白めいた言葉と共に赤い瞳がまっすぐにロゼリアを見つめ返す。正直、ネロからそんな風に言われると思わず、ロゼリアは自分の頰(ほお)がみるみる熱くなっていくのが分かった。

(特別にしたい？　え？　あのネロが？)

大事にされているという自覚はあったが、あくまでお気に入りのおもちゃかペット感覚だと思っていた。まさか、自分を特別な存在にしたいと言われるとは思わず、熱くなる頰を押さえながら考える。

思い返せば、ネロは時折やたらと手を繫ぎたがったり、ロゼリアのそばから離(はな)れなかったりと、たびたび不可解な行動をとっていた。その行動の一つ一つをひもといてみれば、彼がロゼリアに伝えたかった感情がなんとなく分かってくる。

(……もしかして、あれってネロなりの愛情表現⁉)

ネロが不器用なことを差し引いても、それに気付かない自分も鈍感(どんかん)過ぎた。熱くなった頰がさらに耳まで熱くなっていく。

「ロゼリア？」

「ふぁいっ⁉」

思わず返事が裏返ったが、それをネロが笑うことはなかった。ただ真剣にロゼリアを見つめ、返事を待っている。

（これは、大きな決断よ……）

ゲームシナリオを崩すだけでなく、本当の意味で国を大きく左右しかねない。

だが、邪神化したネロを止めようとした時から、それを受け入れるだけの覚悟はすでにあったのだ、とロゼリアは気付いた。

ロゼリアがベッドから下りると、ネロは驚いたようにロゼリアを見上げる。

「ロゼリ……」

「聖竜ネロ」

ロゼリアの凛とした声にネロが反射的に口を噤んだ。そして、ロゼリアは深く敬意を示す礼をとる。それはかつて公爵令嬢だったことを感じさせる完璧な所作だった。

「聖竜姫を謹んでお受けいたします。そして……」

かつて、レオンハルトと婚約を結んだ時のことを思い出す。今となっては無効だが、ロゼリアは同じように礼をとった後、彼に忠誠を誓った。

しかしロゼリアは、ネロに忠誠を誓うつもりはない。

「たとえ貴方が再び邪神と呼ばれ、国を脅かす存在になろうとも、私の心は貴方から離れないことを誓います」

ロゼリアが望むのはネロの生存、ひいては彼が人と共に歩む未来。そして、再び暴れる日が来ようともどうにかしてみせる、という決意表明だった。

ロゼリアが顔を上げて微笑むと、ネロが手を差し出してくれる。その手を取って立ち上がると、ネロに強く抱きしめられた。

少し驚きはしたものの、ネロが思いを訴えるようにロゼリアの背中をぽんぽんと叩くので、その不器用さに思わず笑ってしまう。

「何笑ってんだよ?」

一度離れたネロが不満げに言うと、ロゼリアは首を横に振る。

「なんでもないわよ。聖竜姫になるからには一蓮托生よ。次にまたいらないって言ったら張り倒してやるからね」

「大事にするわ……うん」

ネロはロゼリアの手を取ると、力を送り込んだ。ロゼリアが熱の宿った自分の手の甲を見れば、そこには翼を広げた白銀の竜の姿が現れたのだった。

「さて、どうするかなぁ……」

ネロから聖痕を与えられた翌日、ロゼリアは自分の右手を見つめた。アイラの痣とは違い、ロゼリアの聖痕は白銀の竜。おまけに角度を変えると銀箔が入ったようにキラキラと輝くのだ。実に神秘的なものだった。

（これが、本物の聖痕……聖竜姫の証……）

この聖痕にはネロの力の一部が宿っており、自由に使うことができると聞いている。

つまり、ロゼリアにも浄化の力が備わったということだ。悪役令嬢のロゼリアが聖竜姫になるなんて、前世の記憶が甦ったばかりの頃の自分には想像もつかなかった。

（世間的に聖竜姫は聖竜の寵姫。邪神を封印した伝説の少女。その次代として選ばれたのが悪役令嬢の私。ここまでくれば、シナリオは崩壊しつつあるけど、まだエンディングがどうなるかは分からないわ。ネロが聖竜だって周囲に伝わってないわけだし）

朝からロゼリアを悩ませているのは、まさにそれだった。

ネロと対峙したレオンハルト達は国王陛下へネロが邪神であることを伝えるだろう。そうなれば、ネロは討伐対象となり国から追われることになる。ならば、事態が大きくなる前にこちらから動き出さねばならない。

（被害を出さずに手っ取り早くシナリオを崩壊させるなら、まずネロを聖竜として世間に周知すること。であれば、国王陛下に奏上するのが一番の近道だけど……）

もうすでに王族を巻き込んで大暴れした後だ。たとえ、先日の一件がなかったとしても、追放された今のロゼリアには、国王陛下に謁見の打診をすること自体が難しい。

（正攻法は難しそうね。それに私が聖痕を見せて真実を語ったところで、聞き入れてもらえるとも思えないし。いや、ネロがいればなんとかなる？）

こちらには本物の聖竜がいる。どんなにレオンハルト達がネロを邪神だと主張しようと、同一存在であることを証明できればいいのだ。ネロが聖竜であることが認められれば、アイラとレオンハルトの立場は一気に崩れ落ちることになるだろう。

元婚約者であると共に、一介の臣下として王家の尊厳、立場を崩さないようロゼリアはあえて行動を控えていた。が、もう遠慮はいらない。レオンハルトの高い鼻っ柱を叩き折ってやる。

（よし、腹は括ったわ。別に王位継承権があるのはレオンハルトだけじゃないし）

真実が正しく伝われば、レオンハルトに見切りをつけて、王家も王位継承順位を変えるだろう。アイラには悪いが、自分はネロと共に生きると決めたのだ。たとえ、それが国の情勢を大きく変えることになっても、誰かの人生を大きくくるわせることになっても、その覚悟は変わらない。

（さあ、王宮へどう乗り込もうかしら……別に方法がないわけじゃないけれど）

唯一の友人を頼る方法もあるが、現在友人は留学中で連絡手段がない。ネロに頼めば、強行突破して乗り込むことは可能だろうが、よけいな混乱は避けた方がいい。

「というか、ネロは朝からどこに行ってるのかしら？」

早朝から元気よく家を飛び出していったきり、彼はまだ帰ってこない。もしかして村人達の手伝いでもしているのだろうか。もうすぐ昼近いので、そろそろ帰ってきてもいい頃合いだ。

（ネロにも関わることだし、ちゃんと話し合わないと……）

探しに行こうと立ち上がった時、自分の手の甲が目に入る。

「……急にこんな痣ができたら、みんなびっくりするわよね」

一応隠しておこうとロゼリアが自分の手に布を巻いた時だった。

コンコンッ！

家の戸がノックされ、ロゼリアは文字通り飛び上がった。急かすように続け様にノックされ、戸の向こうからケインの声が聞こえてくる。

「ロゼリアさん！　いる⁉」

その真に迫った声からロゼリアが慌てて戸を開けると、肩で息をするケインの姿があった。

「ネロは⁉」

「若、どうしたの⁉」

「今すぐ、アイツとこの村から逃げるんだ！」

血相を変えたケインがロゼリアの肩を摑み、そう言った時だった。

彼の後ろに、見知った顔の男が現れた。

「見つけたぞ、ロゼリア」

「うさぎ肉、確保～」

ネロは村の外で野うさぎを捕まえていた。ロゼリアと出かけた日に、ケインとイノシシを獲ってくる約束をしていたのに、ロゼリアの元婚約者とその浮気相手のせいでそれどころではなくなってしまったのである。改めて約束を果たそうと、朝から森にやってきたが、そう都合よく見つかるわけがない。

ひとまず、目についた野うさぎを捕まえることにした。ネロは生け捕りにしたうさぎの柔らかい毛並みを堪能する。

「ふかふかだなー、お前」

この柔らかさは嫌いではない。一度、このふかふかに包まれて寝てみたいが、毛布にするには量が少な過ぎる。このうさぎには別の形で生を全うしてもらうとしよう。

「お前は頑張ってロゼリアの血や肉になるんだぞー」

ネロは自分が肉嫌いなこともあり頭からすっぽ抜けていたが、人間は肉を食べる。しばらくロゼリアは肉を食べていなかったので、一人分ならうさぎくらいがちょうどいいだろう。

心なしかうさぎが落ち込んだように見えたが、ネロは構わず抱きかかえた。

「そーいえば……」

ロゼリアが眷属になったことに浮かれて忘れかけていたが、ネロはロゼリアが話した未来のことを思い出し、苛立たしげにあの女の名前を口にする。

「アイラ・シーカーねぇ？」

ロゼリアが語った『げーむしなりお』という予言を、ネロは与太話として受け取っていた。

浄化の力が強いだけの人間に、神である自分が後れを取るとは思えない。たとえ弱体化していてもだ。そもそも、ネロがいなければこの国は滅ぶのである。

その上、巷ではあの女がビアンカの生まれ変わりだと騒がれているらしい。実に人間らしい都合のいい妄想だった。むしろ本当にビアンカの生まれ変わりだったとしたら、自身が聖竜姫かどうか真偽を確かめる為に、ネロの家を探して乗り込んでくるだろう。あの破天荒が他人に流される生き方を選ぶわけがない。

（てか、黒い竜の痣、それにシーカーって名前、どっかで聞いた気がするんだよな……）

ネロは低く唸りながら、首をひねった。

『聖竜を誑かした悪女め！』

ネロの脳裏に、罵声と共にビアンカを刺した女の姿が浮かぶ。

――そういえば、あの女の手の甲にも、黒い竜の痣がなかったか？

「シーカー……そう、シーカー！　ビアンカを刺した女の姓もシーカーだったじゃねぇか！」

思い出した。

聖竜の眷属を主張していた人間は、皆シーカーの姓を名乗る一族だった。『生命の息吹』の恩恵を強く受けている土地を探し求める流浪の民。そうして長年『生命の息吹』の恩恵をその身に受け続けたことにより、浄化の力を得た一族だ。

その民の中でもひと際『生命の息吹』の影響が色濃く出た女がいた。強い浄化の力に加え、治癒の力を持ち、生まれつきの痣を聖痕と言い張り、聖竜に懸想していた女。

他者よりも特別な力を有していたが故に、思い込みが激しかった。

実は、ビアンカ自身は特別な力を持っていない。強いて言うなら聖竜に祝福された色として、人間の間では美しいと評される、白銀の髪と黄金色の瞳を持っていたくらい。

「そうだ！　だからビアンカのヤツ、余計恨まれたんだ！　見た目以外に何も特別なものがなかったから！」

もし、あのアイラという女がシーカーの姓を持つ者なら、先祖返りで強い浄化の力を持って生まれてきてもおかしくはない。しかし、それならネロが聖竜であり、邪神でもあることを知っているはずだが、あの女は何も知らないように見えた。

（俗にいう落し胤ってヤツか？　それとも、二百年前の一件で一族が散り散りになったか？　もしくは——過去の過ちをなかったことにする為に子孫へ何も語り継がなかったか……）

どちらにせよ、あの時あの一族を根絶やしにしておけばよかったと心の底から後悔する。

「どーっすかなぁ……」

再びうさぎの毛に顔をうずめた時、手が小さく強張った。すっと力が抜けていくような感覚がし、ネロは顔を上げる。

「ロゼリア？」

ロゼリアの聖痕にはネロの力が宿っている。その力が一瞬で遠くへ移動した。

——嫌な予感がする。

ネロは急ぎ足で村へ引き返す。近づくにつれて騒がしい音がネロの耳に届いた。

音の原因は、早くも村の入り口で見つかった。それは鎧を纏った見慣れない人間達。全身を覆う白銀の鎧は、眩しくてちかちかする。

「おい、そこのヤツ、止まれ！」

彼らを無視して村の中に入ろうとしたものの、鎧の男達に行く手を塞がれてしまった。ネロが面倒くさそうに眼を向けると、兜越しにくぐもった声が聞こえてくる。

「お前、村の人間か？」

「そうだよ。お前ら何？　邪魔なんだけど……あっ！」

目の前に立つ鎧の男が、ネロのうさぎを取り上げる。奪い取られたうさぎが男の手の中で暴れており、ネロは食い下がった。

「おい、オレの肉だぞ！　返せ……いでぇ！」

取られたうさぎに手を伸ばすと、背中からド突かれ盛大につんのめった。頭上から男達の馬鹿にしたような笑い声が降ってきたかと思うと、地面についた手を踏みつけられる。

「いっ！」

「この村の人間は一人残らず捕縛しろと命令が出ている。怪我をしたくなかったら大人しく縄に………」

「なに、すんだ、よっ！」

「ぐわっ！」

踏みつけてきた足を持ってネロが立ち上がると、相手は頭からひっくり返った。男は頭を打ちつけてそのまま動かなくなり、他の男達がすぐさま剣を抜いて立ち塞がる。うさぎは男の手から放り出され、足早に逃げていった。

「あ、肉！」

「大人しくしろ！　斬り捨てられたいのか！」

目の前にいる男をネロは片手で摑み上げる。

「どけよ」

鎧の胸部がひしゃげたのを見て、周囲にいた男達が悲鳴を上げる。そのままぽいっと適当に投げ捨てると、男は大きな音を立てて転がった。

「あー、うさぎ見失ったじゃん！　どうしてくれんだよ！」

せっかく捕まえたのにと肩を落とすと、男の一人が震える手でネロを指さした。

「黒髪、赤い瞳……鎧を握り潰す腕力……ま、まさかっ！」

「あ？　なんだ？」

声を低くしてネロが睨みつけると、彼らは剣を滑り落とした。

「た、助けてくれぇええええ！」

「化け物だぁあああっ！」

大の男達が叫び声を上げて村の中へ逃げていく。

「おい待てコラ！　ちゃんと謝れ！」

鎧を着た男達が何者かは分からないが、人の肉を奪い、ド突いてきた挙句、手を踏みつけるこの蛮行。さすがのネロも腹が立つ。

村の中心部にある広場へ逃げ込んだ男達を追うと、彼らの仲間であろう鎧の集団が見えた。

「どうしたお前ら！」

「た、助けてください、アシュトン様！　例の邪神が！　片手で鎧を握り潰す化け物が！」

逃げていった鎧の男が仲間に助けを求めているのを見て、ネロは叫ぶ。

「見つけたぞ、コノヤロウ！」

「ひぃ！　アイツです！」

アシュトン様と呼ばれた相手は集団の頭に立つ男なのか、派手な意匠が施されたマントを身につけていた。だいぶ体格がよく、背もネロより頭一つ飛び抜けている。

マントをつけた男の足元を見て、ネロは思わず足を止めた。そこには男に踏みつけられたケインが横たわっており、暴行を受けたのか頬が腫れ上がっている。さらに彼らの背後には村の人間が集められ、一様に縄がかけられていた。

どろりとネロの胸の内に黒いものが流れた気がした。

「貴様か、レオンハルト殿下やアイラ嬢を襲ったという化けも……ぐえっ！」

マントをつけた鎧の男に向かって、ネロの飛び蹴りが容赦なく炸裂する。回転しながら後方へ吹き飛んだ上司を見て、鎧の男達がたじろいだ。

「……部下も部下なら上司も上司だな！　人を足蹴にしちゃいけませんって、かーちゃんに教わんなかったのか！」

ネロは踏みつけられていたケインを起こし、改めて周囲を見回す。畑は踏み荒らされ、家畜を囲っていた柵は壊されている。そんな村の惨状に、ネロは眉をひそめた。

どうしてこんな状況になっている？　それにロゼリアはどこだ。

鎧の男達はネロを警戒し、動く様子はない。互いに無言で牽制し合っている状態の中、ケインが口を開いた。

「ネ、ネロ……」

掠れた声でネロを呼ぶケインに、ネロは治癒の力を使って、急ぎ傷を癒やしてやる。

「若、大丈夫か？」

「ロゼリアさんが……」

「ロゼリアがどうした？」

「アイツらに連れて行かれた……」

「…………は？」

連れて行かれた。その一言にネロは声を低くする。

村に手を出され、さらにはロゼリアまで奪われたという事実に、ネロの胸の中で不快な感情が膨れ上がっていく。赤い瞳が煌々と輝き、周囲の木が悲鳴を上げた。

「ほう、オレのものに手を出すとは、いい度胸だな……」

ネロの雰囲気が一変したことで、男達はさらに怯え始める。

ネロの胸にある不快な感情。それは再び自分のものを奪われようとしていることへの怒りだった。

吐息交じりに黒い塵が口から出たが、ネロはぐっと怒りをこらえる。

（大丈夫、まだ何も失ってない。まだ奪い返せる……でも）

ネロは笑顔で彼らに近づきながら拳を強く握った。

「オレはすげぇ優しいから一人一発ずつで許してやるよ」

瞬殺だった。

普段、ケインに大人しく殴られているネロが、目にも止まらぬ速さで男達を一撃で沈めていく。ネロが熊を一人で狩れることは知っていたが、実際にその力を目の当たりにしたのは村人達も初めてだった。

ネロが殴って気絶させた男達で歪な山ができあがっていく。最後の一人が山の上に積まれた頃、最初に蹴り飛ばしたマントをつけた男が目を覚ました。ネロはその男の下へ静かに歩み寄る。

男は自分の仲間が倒されていることに気付き、近づいてきたネロに向かって剣を抜いた。白刃は見事にネロの首を捉えたかに見えたが、実際それが届くことはなかった。

「………ひぃ！」

黒い瘴気が白銀の剣を包み込み、錆色に変える。音を立てて崩れていく剣を見て、男は柄を滑り落とした。しまいには腰を抜かして動けなくなった男を、ネロはじっと赤い瞳で見下ろす。そして男を指さし、静かに口を開いた。

「……蒸し焼き」

「……む、蒸し焼き？」

ネロの不思議な呟きに、聞いていた村人達も首を傾げた。

「鉄板焼き、塩漬け、肉団子、厚切り、燻製、丸焼き……丸焼き？」

「い、いったい……何を言っているんだ⁉」

不穏な呟きに男がたまらず叫ぶと、ネロはニカッと笑う。

「何って、お前の調理方法だけど？」

「ちょ……⁉」

絶句する男を無視して、ネロは言葉を続けた。

「ロゼリアにやるつもりだったうさぎにはお前らのせいで逃げられたし、手ぶらで帰ったと思われるのもなんだか癪だしさ。お前を手土産にしてやろうかなーと。オレはいらねぇけど、人間は肉好きだろ？」

肉。

人肉も食用と考えているようなネロの発言に、村人達も引いてしまう。さらにネロは周囲を震撼させる一言を言い放った。

「それに肉の解体の仕方は、若が教えてくれるって言ってたし」

村人達の視線がケインに集中し、彼は真っ青な顔をして首を横に振った。

「あ、でもロゼリア一人じゃ食いきれねぇな……どうせバラバラにするなら、みんなで食うか？　村の家畜も全部逃げちまったみてぇだし」

屈託のないネロの笑顔がより一段と輝く。ネロの口端から八重歯がちょこんと顔を出した。

「喜べ、人間。お前は村の貴重なタンパク源になるんだ」

その言葉と笑顔は男を恐怖に陥れるには十分だった。

「ところで、お前は肉料理で何が好きだ？」

「ま、待ってくれ！　オ、オレは命令されてやったんだ！　好きでやったんじゃない！」

「お前は肉料理で何が好きだ？」

「ほ、本当だ！　ロ、ロゼリア・アノニマス嬢の居場所だって教える！」

ネロの顔から笑みが消え、無造作に男の兜を鷲掴み（わしづかみ）にすると、メキメキと音を立てて兜が歪ん（ゆがん）でいく。

「ひぃ！」

「ロゼリアはどこだ？」

「ロ、ロゼリア・アノニマス嬢は……レオンハルト殿下と王宮へ……」

震える声で答えた男に、ネロは目をぱちくりさせる。

「レオンハルト………？」

ぼんやりと金髪（きんぱつ）の男の姿を思い出し、ネロはぼそっと呟いた。

「これが噂（うわさ）の泥棒猫（どろぼうねこ）ってヤツか……」

おそらくそういう意味ではない。

しかし、ネロの呟きを訂正（ていせい）する勇気のある者は、この場に誰一人いなかった。

ロゼリアは、王宮の謁見の間にいた。

（まさか王宮に連れてこられるなんてね……）

少し離れたところから睨みつけてくるレオンハルトを見て、ロゼリアはため息をつく。

あの後、ロゼリアはレオンハルトに捕まり、ここまで連れてこられた。だが、意外にも拘束されることはなく、「陛下がお呼びだ」と正装に着替えさせられ、謁見の間に案内される。

（まあ、呼び出された理由は明白ですけど……）

レオンハルトに目をやれば、アイラが寄り添っていた。アイラは具合が悪いのか顔色が悪かったが、ロゼリアを若葉色の瞳で睨みつけてくる。

ロゼリアはその視線を無視し、静かに国王の前で膝をつく。

「一か月弱ぶりか、ロゼリア嬢。顔を上げなさい。この場での発言を許可する」

「寛大なお言葉感謝いたします。陛下におかれましては、お変わりなく……」

「前置きはいい。今回、国外追放されたそなたをこうして呼び戻した理由は二つ。アイラ・シーカー、前へ」

アイラが青白い顔のまま、ドレスの裾を捌いて礼をする。

「先日、レオンハルトと彼女から邪神復活の報告を受けた。そして、そなたが邪神と共にいたこともな」

やっぱりか、とロゼリアは静かに目を伏せる。

状況的にそうなるだろうと分かっていたが、わざわざ呼び出したということは、ロゼリアが邪神と手を組んだと考えているのかもしれない。

（ただ、邪神との関係を疑うわりに、ずいぶんと丁重な扱いね。本来なら荒縄で縛って床に転がすなり、拷問なりするでしょうに……）

「ロゼリア嬢、まずはそなたの話を聞こう。なぜ国外追放を受けたそなたが、邪神と共にいた？」

重く響く言葉に、ロゼリアは一度大きく息を吸い込むと、まっすぐに国王を見上げた。

「お言葉ですが、陛下。わたくしと共にいた彼は邪神ではありません。彼の正体は聖竜でございます」

「そんなはずはありません！」

ロゼリアの言葉を真っ先に否定したのはアイラだった。

「確かに私達は見たんです！　あんな禍々しい存在が聖竜なわけ……」

「アイラ・シーカー。そなたの発言は許可していない」

「っ！」

アイラは口を噤むと、再びドレスの裾を捌いて礼をする。

「さて、続きは？　まさか根拠（こんきょ）もなく、邪神を聖竜とは言うまい」

ロゼリアはネロから聞いた瘴気の正体を国王に語る。その上でネロが聖竜であり、封印されていた影響で聖竜の力が弱まっていることを伝えた。

全てを語り終えると、国王は大きなため息をついた。

「なるほど、確かにここ数か月で瘴気が突如（とつじょ）消失し、荒れた土地が元の姿に戻ったという報告が上がっている。それもロゼリア嬢が邪神と共にいたと言われている領地周辺からだ。もし、邪神を聖竜だと仮定するなら、そなたの話にも真実味が増す」

「陛下、ロゼリアは罪人で追放された身。そのような者の戯言（たわごと）を、私や聖竜姫であるアイラの言葉よりも信じるのですか！」

意外にも肯定的な反応を見せる国王に、旗色の悪さを察したレオンハルトが言（い）い募（つの）った。

しかし、国王は自分の息子（むすこ）を冷たい目で見下ろす。

「レオンハルト、私はお前が連れてきた娘（むすめ）が聖竜姫だとは信じていない。聖痕を持つ聖竜姫は黒い痣ではなく、白銀だと我が王家では代々伝わっているからな」

レオンハルトはハッと息を呑んだ。

「な！　そんなこと、父上は一度も……」

「王位を継ぐ者のみに語られることだ。二百年前、我こそは聖痕を持ち、聖竜の眷属に連なる者だと身分を詐称する者が多く現れた。その者は確かに強い浄化の力を持ち、黒い竜の痣を有していたという。そこのアイラ・シーカーのようにな」

国王の言葉を聞いて、アイラの瞳が大きく揺れる。ドレスを握る手が震えているのがロゼリアにも分かった。

自分の持つ聖痕が偽物と知らされれば、動揺するのも無理はない。

「なぜそうした者が生まれてくるのかは解明されていないが、浄化の力を持つ人間は国にとっても有益な存在だ。だからこそ、お前には本物の聖竜姫か否か己の目で見極めてもらいたかったのだが……まさかここまで女に入れあげるとは……呆れたものよ」

息子の様子にため息を漏らすと、国王は再びロゼリアに目を向ける。

「しかし、その聖竜がレオンハルトとアイラの前で邪神と化したのもまた事実。ロゼリア嬢、そなたが再び聖竜を邪神に堕としたのではないのか？」

「それはちがっ……!?」

ロゼリアが口を開いた時、爆発音にも似た音と同時に王宮全体が大きく揺れた。緊急事態を知らせる警鐘が鳴り響くが、それは再び起きた大きな音によってかき消される。

「な、なんだ!?」

大きな揺れと共に音は次第に謁見の間に近づき、しばらくして揺れが収まった。控えていた騎士達は国王の周りに移動し、守りを固める。

どん、と乱暴に両開きの扉が蹴破られた。

そこにいたのはネロと、小脇に抱えられた鎧の男。ロゼリアはその男の顔に見覚えがあった。それはゲーム内の攻略対象の一人であり、この国の近衛騎士団団長の息子、アシュトン。

ネロはロゼリアを見つけるなり、いつもの屈託のない笑みを浮かべて手を振った。

「ロゼリア、迎えに来たぞー」

「ネ、ネロ、どうしてここに……」

「お前が連れて行かれたって聞いてさ。コイツに案内させて頑張って飛んできた」

飛んできた。

いったいどうやって飛んできたかは定かではないが、さっきの音はきっと城壁を突き破る音だったのだろう。そして、案内させたというアシュトンは綺麗に伸びている。鎧の損傷具合を見るに、ネロと一戦を交えたに違いない。

「あー、重たかった～……あ?」

ネロがアシュトンを降ろそうとした時、ふいにレオンハルトの姿を見つけて、ぴたりと動きを止めた。

そして——。

「この、泥棒猫！」

「どわっ⁉」

降ろしかけていたアシュトンをレオンハルトに向かって投げつけ、レオンハルトを守っていた騎士達ごと薙ぎ倒した。

「人の村を土足で踏み荒らした挙句、オレのロゼリアを奪うとはふてぇ野郎だ。お前は新しい女とよろしくやってろ！」

鎧を纏ったアシュトンを投げつけられたレオンハルトからは反応がない。おまけに国王を守っていた騎士達が「魔術師を呼べ！」と一斉に叫び出し、ネロの啖呵は怒号に掻き消され、もはや誰も聞いていないだろう。

しかし、ネロ自身は言いたいことを言い切ったからか、満足げにロゼリアの手を取った。

「さて、帰るぞ」

「え、ちょっと！」

ネロがそのまま入ってきた扉から出て行こうとすると、騎士達が扉の前に立ち塞がった。ネロはムッとした表情を浮かべたが、背後から「ほう」と感心したような声が響く。

「この者が邪神か？　人の姿とそう変わらないではないか」

ネロが振り向いて国王を一瞥すると、ロゼリアに耳打ちする。

「誰だ、この偉そうなオッサン」

「国王陛下よ。偉そうなんじゃなくて偉いの」

ロゼリアが答えると、ネロは「ふーん」と興味なさげに赤い瞳を国王に向けた。

「オッサン、なんか用か？」

国王だと知ってなお、オッサン呼びをする。あまり機嫌がよろしくないのか、ネロはまるで威嚇するように身体から瘴気を滲ませた。

「彼女を急に呼びつけたことは悪かったと思っている。しかし、邪神が復活したと聞いては致し方あるまい。して、ロゼリア嬢からはそなたが聖竜であると聞いたが？」

「そうだけど？」

ネロがぶっきらぼうに答えると、アイラが「でたらめ言わないで」と叫んだ。

「そんなはずがありません！　邪神が聖竜だなんて……そんなふざけた話を信じるんですか！」

その金切り声が耳障りなのか、ネロは片耳を押さえた。まるでアイラのことは眼中になかったらしく、「アイツもいたのかよ」と漏らしている。

「それに、この瘴気は聖竜が纏うものとは思えません！　瘴気がなくなった報告だって偶然時期が重なっただけで、邪神が聖竜だって証拠にはなりません！」

「そういえばお前、自分を聖竜姫だと言ってたな？　だったら聞くが、お前はその『聖竜サマ』に会って寵愛とやらを受けたことがあるのか？」

ネロがそう言うと、アイラはぐっと言葉を呑み込んだ。

「わ、私が覚えていないだけで、小さい頃に会っていたかもしれないじゃないですか……」

アイラは苦し紛れに答えたが、彼女が聖竜に会ったことなどあるわけがない。ゲームのメインシナリオでもヒロインと聖竜の出会いを語る場面は存在しない上に、肝心のネロは三か月ほど前に復活したばかりなのだ。

「とにかく、私が聖竜姫だって決まってるんです！」

「勝手に決めるな。オレの寵姫はここにいるわ！」

ネロはそう言うと、隣にいたロゼリアを引き寄せ、ロゼリアの手の甲を覆っていた細い布を剝ぎ取った。そこに見えた白銀の竜の痣に、その場にいた誰もが目を見開く。

ネロが魔力を流すと、それにロゼリアの聖痕が反応し、熱を帯びる。すると、聖痕から光体が現れ、ネロの瘴気を吸い上げた。漆黒の髪が白銀に変わり、血のように赤かった瞳は、満月のような黄金色になった。

容姿が一変したネロを見て、アイラが絶句する。そんな彼女を見てネロは鼻で笑う。

「これで分かっただろ？　お前は聖竜姫じゃねぇよ」

聖竜姫の真の証である聖痕と、まさに聖竜と呼ぶに相応しい姿へと変化してみせたネロに、アイラは下唇を強く嚙み締めた。

彼女は自分が持つ聖痕が本物だと信じていた。しかし、ゲームとは違い、彼女に突き付けられた現実は残酷なものだった。

周囲が沈黙する中、アイラの口から「なんで……」という言葉が零れる。

「いきなり、黒い聖痕は偽物とか、邪神が聖竜とか……！　おかしいです！　こんなの間違いに決まってます！」

今にも泣き崩れそうな声でアイラは叫んだ。

「皆さんもおかしいと思いますよね⁉」

同意を求めるように周囲へ視線を投げかけるも、皆彼女から目を逸らす。

誰も助けてくれないと悟ったアイラの目には、絶望の色が浮かんでいた。

「一体、なんなの……みんなが言ったんじゃないですか、私が聖竜姫だって！　瘴気を浄化して国を救って欲しいって！　それなのにいきなり手のひらを返すなんておかしいじゃないですか！」

「なるほど、そうやって他人に流されて生きてきたってわけか？　ざまぁねぇな」

ネロが吐き捨てるように言うと、アイラは声に怒りを滲ませる。

「違う、流されたわけじゃないわ。みんなが喜ぶと思ったから引き受けたのに、一体何が悪いの？　それでみんなが幸せになれるなら、いいことでしょ⁉」

「それで？　旗色が悪くなったら他人のせいってか？　お前がやってることは、周りにい

るヤツらとなんら変わらねぇよ」

ネロの言葉にアイラは絶句し、呆然とその場に立ち尽くしていた。そんな彼女をネロは鼻で笑う。

「行くぞ、ロゼリア」

ネロは今度こそ背を向けると、ロゼリアの手を引いて再び扉に向かって歩き出す。通路を塞いでいた騎士達が戸惑うように道を開けた。

「ねぇ、ネロ。ちょっと！」

アイラを断罪することになるのは、覚悟していたつもりだった。しかし、実は彼女は被害者だったのではないだろうか。元々平民で浄化の力があったから、周囲も彼女に期待し、持て囃す人間や、唆す人間がいたのだろう。

それに、普通の少女に国を支える大役を背負える覚悟があるとは思えなかった。

ロゼリアは彼女達に断罪された身とはいえ、あのように一方的にやりこめられる姿を見てしまうと、自分もそうだっただけに良心が痛む。

「なんだよ？」

ネロが苛立たしげに足を止めた時だった。

「なんで……？」

不穏な呟きがロゼリアの耳に届き、振り返るとアイラが浄化の力をその手に集めていた。

「こんなのおかしい……私に色んなものを押し付けておいて」

譫言のように呟きながら、アイラは集めた浄化の力を、槍のような形状に変化させる。

目が痛くなるほどの輝きを放つそれは、前世で言う電流にも似た音を鳴らす。

（あれってもしかして……ゲームでネロを倒した浄化の力!?）

もう習得していたのかとロザリアが驚いていると、アイラはネロを睨みつけた。

「私が、全部悪いなんておかしいじゃない！」

パニックに陥ったアイラはそう叫ぶと共に、光の槍をネロに向けて放つ。

ロゼリアは咄嗟にネロの前に飛び出して魔力を集めた。どんな魔法を使うかなんて考えていなかった。とにかく強い魔力をぶつけて相殺しよう。それだけを考えていた。

ロゼリアの魔力に反応し、聖痕が激しく熱を帯びる。ロゼリアの手から魔力が放たれた。

それは光の槍をかき消し、まっすぐアイラへと向かっていった。

「え、うそ、いやぁあああああ！」

アイラに当たったロゼリアの力は、乾いた音を響かせて弾けた。その光景は前世で見た花火に似ている。一瞬何が起きたのか理解できなかったが、倒れているアイラを見て、ロゼリアはすぐさまネロの襟首を引っ摑んで慌てて彼女に駆け寄った。

ネロには治癒の力がある。このまま彼女を殺してしまうようなことがあったら――。

（私、この子の為に十字架は背負いたくない！）

少しだけ同情したとはいえ、ロゼリアはアイラの命までは背負えない。

「ちょっと、大丈夫⁉」

アイラの顔を覗き込むと、彼女は泡を吹いて倒れていた。あれだけの魔力が当たったのに、目に見える大きな怪我はなさそうだ。

「………生きてはいるな？」

ネロもそう言い、ロゼリアは胸を撫で下ろす。

あわや不敬罪に続いて殺人罪まで追加されてしまうところだった。

「生きててよかったぁぁああ……」

「大袈裟過ぎだろ、お前。つか、なんで前に出てくんだよ？　あれくらいオレでもなんとかできたのに」

「だって、そりゃ………ん？」

ロゼリアの手に雪のような粒子が落ちてきた。頭上を見ると、先ほど弾けた光が宙を漂い、白銀の粒子をまき散らしていた。

美しいその光景に、誰もが目を奪われる。

「おい、なんだこれ⁉」

近くにいた騎士が声を上げる。

「昨日の傷が治ってる！」

「おい、古傷も消えてるぞ！　一体どうなってんだ！」

次々と驚きの声が上がる中、気絶していたレオンハルトも目を覚ましたようだ。

――一体、この光は……？

隣にいたネロを見上げると、彼はにかーっと笑う。

「治癒の力だな。聖痕にはオレの力が宿ってるって言ったろ？　まあ、お前の魔力が強いせいで治癒力が上がってるみたいだな？」

「う……ううう……」

泡を食って気絶していたアイラが、光の粒子を浴びて目を覚ました。ぼんやりとした顔でこちらを見つめ、少ししてから、目を大きく見開いた。

「きゃぁあっ⁉」

悲鳴と共にアイラがネロに向かって平手を振り上げる。ネロは片手でそれを受け止めると、ニカッと笑った。

「ああ、そうそう。忘れるところだったわ」

すると、ネロから激しく点滅（てんめつ）する光体が現れ、アイラの手の甲に触れる。じゅっと焼けるような音がし、アイラが「熱い！　熱い！」と叫び声を上げた。

「アイラ！」

レオンハルトが駆け寄ってきた時には、光体はアイラから離れ、ネロの身体の中に消える。

ネロはにやりと笑い、アイラを解放した。

「没収(ぼっしゅう)だ」

アイラは自分の手の甲を見て、大きく目を見張る。

「ない……聖痕が！」

彼女の手の甲にあった黒い痣が、跡形(あとかた)もなく消えてしまっていた。聖痕がなくなったことに狼狽(うろた)えるアイラをレオンハルトは抱き寄せ、こちらを睨みつけた。

「まさか本当に……聖竜なのか？」

ネロはレオンハルトの問いに答えることなく、ロゼリアを連れて国王の下へ向かう。

そして、ロゼリアの聖痕を国王に見せつけると、ネロはこう宣言した。

「この聖痕をもって、オレから寵愛を受ける聖竜姫は、ロゼリアを最後とする」

『この聖痕をもって、オレから寵愛を受ける聖竜姫は、ロゼリアを最後とする』

ネロが宣言したその日、王宮は大混乱だった。聖竜が現れた上に、国一の浄化の力を持つアイラがその力を剝奪されたのだ。そうなると事実上、瘴気を消せるほどの強い浄化の力を持つのは聖竜のネロを除いてロゼリアだけとなる。

騒動が一段落すると、ロゼリアは一旦実家のアノニマス公爵家に帰り、そのまま数日滞在することになった。というのも、村が帰宅できる状況ではなかったからだ。

アシュトンが村を襲撃したせいで、畑も家畜小屋もめちゃくちゃになり、おまけに逃げ出した家畜はなぜかネロの家に避難していた。

ネロはロゼリアを実家に送った後、その状況をどうにかすべく村へ戻っていった。なぜかアシュトンを連れて。

『や、やめろ！　放せ！　オレをどうするつもりだ！』

『言ったろ。お前は村のタンパク源になるんだよ』

脅しのつもりか、いつもの容姿に戻ったネロは瘴気を散らしながら言い、遠くの方から『嫌だ！　タンパク源だけは、タンパク源だけは嫌だァアアアア！』と悲鳴が聞こえた。ネロのことだ、きっと悪いようにはしないだろう。

　実家では国外追放された娘が聖竜姫になって帰宅し、事情を知った気弱なロゼリアの父親は卒倒した。喜びのあまりに倒れたと思いたい。

　そして、ロゼリアの帰宅を知った、父の親友であるアルフォード公爵が突然の来訪。腹に据えかねた様子で『あのバカ王子の王位継承権を剝奪し、蟄居させろ！　女の方は島流しだ！』などと恐ろしいことを言い始め、ロゼリアが必死になだめたのだった。

　実家に帰宅して三日目の夜、国王から改めて聖竜に謝罪する場を設けたいとの連絡がロゼリアの下に届いた。しかし、対談前に話がしたいと、翌日の朝ロゼリアは王宮に呼び出された。

　ネロが城壁を突き破ってロゼリアを追いかけてきた為、謁見の間は損傷が激しく、国王の執務室での対面となった。

　執務室に案内されると、そこにはレオンハルトがおり、こちらをじろりと睨みつけていた。ロゼリアが勧められた椅子に腰を下ろすと国王が口を開く。

「まずは、この度の非礼を詫びる。そして、夜会でそなたがアイラ・シーカーを貶めた件については裏が取れた。全ては、愚息による彼女を娶る為の茶番だったとな」

（今さら過ぎるわ……なぜもっと早く裏を取らなかったのかしら……）

国王の後ろに控えているレオンハルトの様子を見るに、彼に反省の色はまったくない。ネロが聖竜だったことも、アイラが聖竜姫でなくなったことも、納得がいっていないのだろう。

「例の夜会に呼ばれた者達は、従うことしかできなかったと言っていた。第一王子であるレオンハルト、そして聖竜姫の再来と呼ばれたアイラ・シーカーも一緒となれば、口答えができないと。分かってくれるな？」

（レオンハルトの周りは有力貴族の子女ばかりだもの。彼らを全て切り捨てるわけにはいかないってことね）

言外に「他の者へ報復するような真似はするな」と釘を刺されたわけだが、ロゼリアは素直に頷いた。

「はい、陛下。わたくしも周囲に誤解を招くような行動をいたしました。いつものこととはいえ、魔力を暴発させたことも確かです。それはわたくしの落ち度ですから」

殊勝なことを言い、ロゼリアは出された紅茶を口に運ぶ。

「この度のことを受けて、聖竜姫の名を騙ったアイラ・シーカーは王都への出入りを禁じ、修道院送りとする。そして彼女が聖竜姫であるなどと吹聴し、少なからず混乱をもたらした我が息子、レオンハルトはしばらく謹慎させることとする。そなたの罪状も撤回し、公爵令嬢の身分も戻そう」

ロゼリアへの対応は妥当な範囲だろう。しかし、淡々とした国王の物言いとレオンハルト達の処遇については納得がいかないものがあった。

（アイラとレオンハルトの罰が軽過ぎない？　私の時は国外追放だったんですけど！）

そんなロゼリアの不満を国王は読み取ったのだろう。静かに口を開いた。

「ロゼリア嬢、この国の瘴気の問題は承知しているな。聖竜の存在が我々にどれほどの影響を及ぼすのかも」

「民からの支持、ということでしょうか」

聖竜は瘴気を浄化する存在だ。第一王子が聖竜の不興を買ったとなれば、王家への信頼は一気に失墜するだろう。聖竜が選んだ聖竜姫を無実の罪で国外追放したことが明らかになれば、なおさら。

「その通りだ。私は聖竜とよい関係を築きたいと思っている。そして、そなたには聖竜姫として我々と聖竜の間を橋渡ししてもらいたい……そなたがレオンハルトやアイラ・シーカーの処遇に不満を持つのは分かる。しかし、そなたは一度婚約破棄され、国外追放も受けた身だ。であればこそ、あえて寛大な態度を示せば、聖竜姫としての株も上がるだろう」

（はぁ～～～～～～～～～～～～～～～～～～～～～～？）

つまり、ネロとの仲を取り持て、ついでに息子の失態も許せ、その方がお前の株も上がってちょうどいいだろうと言っているのだ。こうして呼び出されたのも、この後に行われるネロとの対談で口裏を合わせる為。

（息子も息子なら、親も親ね！　面の皮が厚いわ！）

ロゼリアは大荒れの心情をひた隠し、ティーカップをそっとソーサーに戻した。

「お言葉ですが、陛下。わたくし、田舎暮らしをしようと思いますの」

「…………は？」

ロゼリアの答えになっていない返事に、国王は素っ頓狂な声を上げた。

「自然豊かで長閑な村で、聖竜と共に人生の余暇を満喫するのも悪くないかと思いまして。わたくし、政にも貴族社会の荒波に揉まれるのも疲れましたの」

おおらかさを装うように頬に手を当てて笑うと、激高したレオンハルトが拳をテーブルに叩きつけた。

「そのような勝手が許されると思うなよ、ロゼリア！　暴発癖で私に今まで恥をかかせていたヤツが、こんな時くらい役に立て！　まともに魔力を扱えない分際で……」

「『水よ、現れよ』」

ばしゃりっと重い音を立て、レオンハルトの頭上から水が落とされた。

何が起こったのか分からなかったのか、レオンハルトは大きく目を見開いてロゼリアを見つめた。その間抜け面が心底おかしくてロゼリアは笑ってしまう。

「魔力をまともに扱えない？　それは一体いつの話でしょうか？」

「き、貴様っ！　一介の臣下のくせに！」

レオンハルトが摑みかかろうとロゼリアに手を伸ばした時、聖痕から飛び出した光体が、彼の顔面に直撃する。ばちんっと破裂したような音が執務室に響き、レオンハルトが顔を押さえて悶え苦しむ。

「あっづぅ――っ！」

「あら、勘違いなさらないでくださいい。わたくしは一度国外追放された身。もう貴方の臣下ではございません。聖竜の眷属ですので」

ロゼリアがそう告げた時、どんっと乱暴に扉が蹴破られる。

扉の先にいたのはもちろんネロだった。

「ロゼリア～、迎えに来たぞー」

屈託のない笑みを浮かべる彼の顔を見て、ロゼリアはほっと安堵の息を漏らした。

「あら、迎えに来てくれてありがとう。それと、陛下が貴方にお話があるそうよ？」

国王の望み通りにロゼリアがネロに話を繫げると、ネロは怪訝な顔で国王を見つめた。

こんな時でも、国王はさすがだ。物怖じせずネロに深々と頭を下げた。

「聖竜ネロ。此度の騒動の非礼を詫びたい。そしてこの国を平和に導く為に、これからも貴公の寵姫(ちょうき)と共に王家に協力していただけないだろうか」

「え、やだ」

ネロの短い返事に虚(きょ)を衝(つ)かれた国王は次の言葉が出なかった。ネロはそのまま続ける。

「なんで詫びてる側のお前が、体(てい)よくオレに頼(たの)み事(ごと)なんてしてんの？　それにお前の言う協力は、民へのご機嫌取(きげんと)りだろ？　神のオレにご機嫌取りさせるとか、なめてんのか？」

ロゼリアは思った通りのネロの反応に苦笑(くしょう)する。国王が顔を青くさせ、ロゼリアに口添(くちぞ)えをするように視線を投げてくるが、ロゼリアはそれを華麗(かれい)に無視した。

「じゃあ、話も済んだことですし。帰るわよ、ネロ」

「おう、そうだな」

扉の前に控えていた騎士(きし)達は道を開けてネロに敬礼をする。

「ま、待て！」

呼び止める声が聞こえて振(ふ)り返(かえ)ると、額を真っ赤に腫(は)らしたレオンハルトがこちらを睨んでいた。

ロゼリアは彼に向かって、ドレスの裾(すそ)を捌(さば)き、礼をする。

「それではごきげんよう。レオンハルト殿下(でんか)の今後の幸せを祈(いの)っていますわ！」

とびっきりの嫌(いや)みを込(こ)めてそう言うと、ロゼリアはネロの手を取って歩き出した。

数日ぶりに村へ戻ったロゼリアは、その状態を見て感嘆する。以前よりも村が綺麗に整備されていたからだ。

ロゼリアとネロが各所へ迷惑をかけたお詫びをしに回っていると、村の修繕を手伝っているアシュトン達の姿が見えた。

彼らはネロの姿を見るなり「タンパク源だけは！　タンパク源だけは許してくれ！」と土下座をしていたが、ロゼリアは深く言及しないことにする。

最後にケイン宅の訪問を終えると、ケインは二人の家の近くまで見送りに来てくれた。

「いやぁ、人じゃねぇっていうのは分かってたけど、まさか本当に聖竜だったとはな」

ケインがネロを複雑そうな目で見つめて言うと、ネロは首を傾げる。

「なんだよ、オレが聖竜でなんか不都合なことでもあんのか？」

「いや、お前のこと、めちゃくちゃ叱ったり殴ったりしてたからな。なんつーかお前が神ってのがな？」

「どういうことだよ！」

弟のように接していたケインにとっては、ネロが聖竜であることが複雑なようだった。

他の村人達も「やっぱり」と言いつつも苦笑していた。ネロの普段の振る舞いも神というよりやんちゃ坊主と言った方がしっくりくるので、仕方がないといえば仕方がないだろう。

「そういえば、ロゼリアさん。オレ、ロゼリアさんに言いそびれてたことがあってさ……」

「あ？」

「へ？」

「そ、その……結婚おめでとう……どうか末永くこのバカを見捨てないでやってくれ」

ケインがどこか言いづらそうに口にし、おもむろにネロの頭を摑んで一緒に頭を下げた。

ネロもケインに頭を摑まれている理由が分からず、大人しく動かないでいる。

「け、結婚？　ネロと私が……？」

訳が分からないロゼリアがそう口にすると、頭を下げていた二人が顔を上げて互いに顔を見合わせている。

「おい、どういうことだネロ？　ちゃんと告白したんだよな？」

「告白っ⁉　ちょっと、一体なんの話なの⁉」

どうやらロゼリアが聖竜姫であることを受け入れた翌日――ネロは嬉しさのあまり、ケインに報告に行ったのだとか。

『ロゼリアが事実上、オレのものになったぞ！』

『は？　どういうことだ？』

『オレのっていう証拠をロゼリアに刻んだ』

もちろん、それは聖痕のことだったが、その時のケインはネロが聖竜であることを知らない。まさか既成事実を作ったのかと考えが飛躍したケインは、ネロにこう聞いたのだ。

『お前、ちゃんとロゼリアさんの同意を得たんだろうな？』

『おう、最初は拒否られたけど、最後には了承してくれたぞ』

『そうかそうか。形はどうであれ、収まるところに収まったか……オレは安心したよ。親父達にも伝えておくから』

以上、回想終了。

ロゼリアから誤解だと力強く訂正されたケインは、怒りを爆発させた。

「つまり、ネロのものっていう証拠は、聖痕だったたってこと？　紛らわしいわ、このバカ！」

「いでぇ！　勝手に勘違いしたのは、そっちだろ！」

殴られた頭を押さえながら、ネロは涙目で訴えた。勘違いした手前、ケインもそれ以上叱らなかったが、ネロはまだ納得がいっていないようだ。

「なんだよもう……つか、そもそも人間はなんの為に結婚するんだ？」

「人間社会でロゼリアさんがお前のものだって証明する為にやるんだよ」

「人間社会で…………」

　ざっくりとした説明にネロは少し考えた後、ロゼリアの肩に手を置いた。

「するか、結婚。いでぇっ！」

　すかさずケインにひっぱたかれ、ネロが恨みがましく彼を睨みつける。ケインは「情緒もへったくれもない」と肩をすくめた。

「そんな軽いノリじゃなくて、ちゃんと話し合うんだぞ？　いいな？」

「へーい」

　ケインはその場に二人を残して、家に戻っていく。ネロとロゼリアの間には、妙な空気が流れた。先に沈黙を破ったのはネロだった。

「ロゼリア、結婚するか！」

　まるで遊びに誘うかのような気軽さで言われ、ロゼリアは思わず頭を押さえた。

「ネロ、貴方ねぇ。今の若とのやりとりの意味、分かってないでしょ。それに、別に結婚って形にこだわる必要なんてないと思うわよ？　私は聖竜姫なんだし」

「オレは人間社会でも、お前はオレのものっていう確証が欲しい」

「……そばにいて欲しいから？」

　ロゼリアが茶化すように言うと、ネロは嬉しそうに目を細めた。

「そう、聖竜姫の名が語られる時、必ず聖竜の名が語られるように、人間社会でもお前の居場所がオレの隣であることを証明したい」

　まさか本気で返されると思っていなかったロゼリアは、返事に困ってしまう。

　聖竜姫になることは受け入れたが、結婚となると少々怖気づいてしまう。

（結婚？　ネロと？　いや、結婚と恋愛は違うって分かっていても、相手はネロよ？）

　正直に言うと、ネロに大事にされていることは伝わっている。ロゼリアもネロを大事にしているし、一緒にいたいとも思う。しかし、それが恋なのか、と言われると実のところよく分かっていない。

「えーっと、その……ネロ」

「なんだ？」

「婚約から始めない？」

　ロゼリアがそう言うと、思いのほか嬉しそうにネロは口元をほころばせた。

「まあ、ロゼリアがオレのものだっていう事実は変わらないしな」

「あ、その……きゃあ!?」

　ネロがいきなりロゼリアを横抱きして走り出す。

「ちょ、ネロ！　どこ行くの!?」

「若～、聞いてくれー！　オレ、ロゼリアと婚約するぞーっ！」

　ネロが声を大にして言い、近くにいた村人達が次々とこちらを振り返る。好奇の目に晒

されたロゼリアは大きく揺れるネロの腕の中で、目を回しそうになりながらも叫んだ。

「ちょ、それは大声で言うようなことじゃないから！　ネロ！　ネロ――――っ！」

それからしばらくして、聖竜姫が王族に捨てられた令嬢で、聖竜に拾われたという噂が流れた。王族はその聖竜と聖竜姫の怒りを買い、国民の信頼を取り戻すのに必死だとか。

そんな噂がロゼリアとネロがいる村まで届くのは、季節が一つ過ぎた先の話である。

『捨てられ悪役令嬢、邪神に拾われる。終』

あとがき

この度は『捨てられ悪役令嬢、邪神に拾われる。』を手に取っていただき、ありがとうございます。

この作品はｐｉｘｉｖ様で開催された『第二回異世界転生・転移マンガ原作コンテスト』にて佳作をいただいた短編を大幅に加筆・改稿したものになります。

当時、ＳＮＳでコンテストの存在を知り、「わぁ〜、楽しそう。私も応募してみよう！」と概要を見たら応募締め切りが一週間をきっていました。金曜日の夜のことでした。元々は別作品のヒーローとして考えていたネロを採用し、二日で書き上げた一万字程度の短編が、佳作をいただき、こうして一冊のお話にできたことに感謝しかありません。

選考に関わった皆様、出版にあたりアドバイスや相談に乗ってくださった編集担当様、編集部の皆様、そして素敵なイラストを描いてくださったウラシマ先生、作品に関わってくださった全ての皆様に改めて御礼を申し上げます。

最後に、手に取ってくださった皆様が、少しでも面白いと思っていただけたら幸いです。

すずきこふる

■ご意見、ご感想をお寄せください。
《ファンレターの宛先》
〒102-8177 東京都千代田区富士見2-13-3
株式会社KADOKAWA ビーズログ文庫編集部
すずきこふる 先生・ウラシマ 先生

●お問い合わせ
https://www.kadokawa.co.jp/（「お問い合わせ」へお進みください）
※内容によっては、お答えできない場合があります。
※サポートは日本国内のみとさせていただきます。
※Japanese text only

捨(す)てられ悪役令嬢(あくやくれいじょう)、邪神(じゃしん)に拾(ひろ)われる。

すずきこふる

2023年7月15日 初版発行

発行者	山下直久
発行	株式会社 KADOKAWA 〒102-8177 東京都千代田区富士見2-13-3 （ナビダイヤル）0570-002-301
デザイン	みぞぐちまいこ（cob design）
印刷所	凸版印刷株式会社
製本所	凸版印刷株式会社

ISBN978-4-04-737572-7 C0193

定価はカバーに表示してあります。
◇◇◇